長編小説

ふしだら妻のご指名便

霧原一輝

竹書房文庫

目次

※この作品は竹書房文庫のために
書き下ろされたものです。

第一章　配達先での淫戯

1

　青木亮介（あおききりょうすけ）は三輪スクーターの後ろにＬサイズのピザ二枚を載せて、市村紗江子（いちむらさえこ）の家に向かっていた。

　亮介は大学一年生の十九歳。ピザデリバリー・チェーンの『ピザＬ』でアルバイトを始めて、二週間が過ぎた。もともと方向音痴なので、迷うことが多く、お客に文句を言われるのは日常茶飯事だった。

　それでも辞めないのは、ピザＬのＳ店店長である内田奈緒（うちだなお）がとても美人で、なおかつやさしいからだ。

（さっきも初めての場所だからって、詳しく教えてくれたよな）

しかも、教えようとして身体をくっつけたとき、地図を持っていた亮介の腕に柔らかなオッパイが触れていた。

赤い半袖に黄色のエプロンというユニホームを着た店長は二十九歳の人妻だ。すごく真面目な人だから、わざと胸を押しつけたなんてことは絶対にない。教えることに夢中になりすぎて、オッパイが触れていることに気づかなかったのだろう。

（あれっ……おかしいな？）

亮介は周囲を見まわして、あるはずの目印がないことに気づいた。

（こんなはずはないんだけど……）

乗っていた三輪スクーターであるキャノピーを道端に停めて、周囲を見まわした。ここで右折して、と教えてもらった目印の薬局が見当たらない。

（ヤバいぞ。また、迷ったか……！）

亮介は配達先である市村宅の記された地図をひろげて、位置を確認した。

どうやら、薬局を見逃してしまったらしい。

（いや、そんなはずはないんだが……もしかして、通りそのものを一本間違えて走ってきたのかもしれない。しょうがない。戻って、やり直そう）

亮介は来た道を戻りはじめる。

どうにかして東京の私立大学入試に受かり、大学への通学に便利なこの町にアパートを借りたのが、ほぼ一年前。

故郷が長野の田舎(いなか)だったせいか、東京の複雑な地理にはいまだに慣れない。方向音痴を自覚しながらも、ピザのデリバリーのアルバイトをはじめたのは、東京の暮らしは想像以上にお金がかかって、両親からの仕送りだけではやっていけなくなったからだ。

時給が比較的高く、週に三日、一日三時間以上働けば就業ＯＫのこのアルバイトは、大学の講義にも出て、単位を取らなくてはいけない亮介にはちょうどよかったのである。

それに……。

じつは、これがとても大きな要因だったのだが、以前にこの店に来たとき、インストアで働いている従業員の女の子が多く、しかも、みんなかわいかったからだ。

赤が印象的な制服を着た彼女たちに「いらっしゃいませ」と声をかけられて、にっこりされるだけで、身も心も躍った。

（ここでバイトすれば、彼女たちと親しくなれるんじゃないか？）

そういう下心があったことは否めない。

女の子目当てでアルバイトを決めてしまったのには、訳がある。

悲しいことに、亮介はいまだ童貞だった。

女を知らないのだ。

一カ月後の四月十五日、亮介は二十歳になる。

成人を迎えるまでに何が何でも男になりたかった。筆おろしを済ませたかった。

長野の田舎の公立高校では、サッカー部に入っていた。レギュラーの花形選手だったら他校の女子にモテただろう。しかし、亮介は補欠で華々しい活躍もなかった。

勉学の成績も普通で、とりたてて特技もなく、イケメンではない高校生が、女の子にモテるわけがない。

（東京の大学に行ったら、少しは違うんじゃないか……）

そう考えて、受験勉強に精を出し、国公立は落ちたが、私立大学には何とかして受かった。だからこそ、早く男になりたかった。童貞を卒業したかった。

そう熱望してこの一年を過ごしたものの、亮介の専攻している経済学部は比較的男子が多く、数少ない女子もみんな澄ましていて、突慳貪で、亮介ごときがつきあえる相手ではなかった。

だから、ピザ宅配のアルバイトには期待を抱いていた。

インストアで、ピザを焼いたり、客への対応をしているアルバイトの女の子は確かにかわいかった。だが、それ以上に亮介が惹かれたのは、店長の内田奈緒だった。

二十九歳で、亮介よりも十歳も年上で、しかも、結婚している。

アルバイトの面接を受けたとき、彼女が店長だと聞かされて、びっくりした。それ以上に、そのはきはきとして明るい対応の仕方や、目鼻立ちのくっきりとした、それでいてどこか包容力の感じられるやさしげな美貌に見とれて、ぽかんとしてしまった。

チグハグな受け答えをしてしまったような気がするが、熱意だけは持っていたので、それを評価されたのだろう。

あれから二週間が経過して、亮介が辞めないでどうにかつづけていられるのは、店長がいるからだ。

最近はひとりエッチするときには、必ずと言っていいほど、内田奈緒を思い浮かべてしまう。スタイル抜群の店長を裸エプロンにして、店の厨房で後ろからセックスするのがお気に入りのパターンだ。

と言っても、実体験がないので、細かいところやあそこの感触などはわからない。AVで見たことを組み立て、頭のなかで店長を抱きながらギンギンになった硬直をしごいていると、すさまじい快感に襲われて、あっという間に射精してしまう。

（ああ、ここで曲がらなくちゃいけなかったんだな……）

亮介は交差点を右折して、しばらく進んだ。

だが、目印の薬局はいっこうに現れない。

またさっきのところに戻って、そこから直進し、カーブを曲がったところで、ようやく薬局が見つかった。大きなドラッグストアだと思っていたが、実際は小さな薬局だった。

時計を見ると、すでに注文が入ってから、二十五分過ぎている。

（ああ、ヤバい。三十分経過すると、無料になっちゃうんだよな）

キャノピーを懸命に走らせていると、それらしき家が見えてきた。

だが、このへんは似たような建売住宅が多く、一軒、一軒、表札を確かめなくてはいけなかった。

ようやく市村宅を見つけたときは、三十分の制限時間を少し過ぎていた。

キャノピーを停め、荷台から保温パックに入った二枚のピザを持って、玄関のインターホンを押した。

「お待たせしました。ピザLです！」

息せき切って言うと、「遅かったわね。開いているから、入ってきて」と声がした。

玄関ドアを開けて入っていくと、そこには美人だがいかにも高慢そうな女性が立っていて、

「三十分経ってるじゃないの。お宅は注文後、三十分以内に届けられなかったら、お勘定は無料のはずよね」

腕を組んだ。

「ああ、すみません。でも、ちょうど三十分ですから。その、あの……」

「何言ってるのよ。時計をよく見てごらんなさいよ。お宅が着いたのは、三十一分後だったじゃないのよ」

「……すみません。ちょっと道に迷ってしまって……」

「そんな言い訳が通用すると思っているの？」

言い合いをしているところに、奥の部屋からもうひとりの女性が出てきた。

目の前の女性とは違って、どこか優雅で余裕が感じられた。

ブラウスにカーディガンを着て、タイトスカートを穿いている。

かるくウエーブした髪が、優雅という形容がぴったりの華やかな顔をいっそう引き立てていた。

「玲菜（れいな）さん、どうなさったの？」

「それが、紗江子さん、聞いてくださいよ。ピザが届いたのが、頼んで三十一分後だったので、お金は払えないと言っているんです。だって、ピザはアツアツだから美味しいわけで、チーズが硬くなったピザなんて……」

玲菜と呼ばれた女が口を尖らせた。そのとおりだ。冷めたピザほど興ざめなものはない。

「も、申し訳ありません！ 俺が迷ったばかりに……すみませんでした！」

亮介は深々と頭をさげ、心から謝った。

「……いいじゃないのよ。少しレンジでチンしたら、どうにかなるわよ」

紗江子と呼ばれた女性がうれしいことを言った。

この人が注文をしたここの奥様である、市村紗江子なのだろう。

「でも……」

「いいじゃないの。払うのはわたしなんだから」

笑いながらも毅然として言われて、玲菜が押し黙った。

「でも、このままじゃ、何だから……きみ……」

と、紗江子が亮介の制服の胸についた名札を見て、

「青木亮介くんか……きみがうちのレンジで温めて、みなさんに給仕してくださらな

い？　今、うちはママ友会をしていて、大変なのよ。いいでしょ？　それで、きみもタダを免れるんだから」

にっこりと微笑んだ。口角がきゅっと吊りあがって、目尻が少しさがって、その微笑んだ顔がとても魅力的だった。

「お宅にはあがるなと言われているんですが……でも、悪いのは俺ですから、やらせてください」

自分でもびっくりするほどのはきはきとした答えを返していた。

「ふふっ、いいじゃない。気に入ったわ。じゃあ、青木くん、あがってちょうだい」

亮介は二つの豊かな尻が揺れるのを見ながら、廊下を歩き、キッチンとリビングが一緒になった開放的な居間に通された。

ソファにもうひとりの小柄な女性が座っていた。小顔のととのった顔をしたキュートな人で、ママ友と言うのだから、きっと結婚して、子供もいるのだろう。

「結子さん、青木くんが冷めたピザを温めてくれるというから、手伝ってあげて。終わったら、取り分けてちょうだい」

紗江子に言われて、結子と呼ばれた彼女が「はい」と返事をして、立ちあがった。

結子にキッチンに案内されて、教えられるままにレンジで冷めかけているピザを温める。その間も、二人の奥様、紗江子と玲菜はソファに座って、話をしていた。

内容は小学校のことや、スイミングクラブのことで、どうやら今、三人の子供はスイミングクラブに行っているらしい。最近、スイミングクラブはバスで送り迎えをしてくれるから、親は手がかからなくて楽なのだ。

紗江子がママ友のボス的存在で、玲菜がナンバー2、結子が下っ端らしい。

結子はすでに何回もこの家に来て、家のことがわかっているのだろう。食器棚から皿を出したり、飲み物の用意をしている。

近くで見ると、なかなかかわいい。小学生か幼稚園児がいるのだから、年齢的には若いと言っても、二十代後半だろう。ぴったりしたニットを着ているので、バストの形が鮮明に浮かびあがっていて、そのオッパイは小柄なボディにはアンバランスなほどに大きく、サイドから見える横乳などはごくっと生唾(なまつば)を呑んでしまうほどに形よく張りつめている。

しかし、この雰囲気は何だろう?

三人の人妻がいるからだろうか、部屋のなかはむんむんとした熱気のようなものが立ち込め、温められたピザの放つ芳香に混ざって、熟れた女性の持つ甘酸っぱい体臭のようものがひろがっていて、亮介はくらくらしてしまう。

一枚目のピザを温め終えて、亮介は言われるままにそれを持って、センターテーブルに運び、用意されていたピザカッターを使って、取り分ける。

「あらっ……思ったより器用じゃないの」

紗江子が褒めてくれた。

「すぐにもう一枚、用意しますので」

キッチンに戻った亮介がレンジで残りのピザを温めていると、結子が近づいてきた。

「大変ですね」

耳元で囁く。

「ああ、はい……いえ、何でもないです。俺が悪いんですから」

「今度、うちでも頼んであげるね、ピザ」

そう言う結子の大きな胸が腕に触れて、亮介はとっさに腕をどかす。

「あっ、ゴメンなさい……」

「いえ……」

そう言いながらも、亮介はあたふたしてしまう。

わざとしたのではないだろう。しかし、いまだに二の腕の外側にはニットを通して感じた、たわわな胸の感触が残っていて、ズボンの股間が力を漲(みなぎ)らせる気配がある。

このままではいけない、とオープンキッチンから室内を見たとき、ソフォに腰をおろした紗江子の下半身が目に飛び込んできた。

足を組んでいるので、スカートの裾がずりあがって、肌色のパンティストッキングに包まれた太腿が見えてしまっている。

重なっている部分はよく見えないが、上になったほうの足のソファに接している箇所が丸見えで、むっちりとした太腿がかなり根元のほうまでのぞいてしまっている。

目が離せなくなった。

紗江子が視線を感じたのか、こちらを向いて、ゆっくりと膝を解いた。足を不自然なほどに大きくあげたので、その瞬間、太腿の奥に赤い何かがちらりと見えた。

（あっ……！）

見てはいけないものを見た気がして、亮介はあわてて視線をそらせる。

おずおずとまた見ると、紗江子はいまだにこちらを向いたままで、視線が合うと、ふっと口許をほころばせたような気がした。

チンとレンジが音を立てたので、亮介はピザを持ってセンターテーブルに置き、またピザカッターで取り分けた。

「よくできたわね。ええと、幾らだっけ？」

お勘定をようやく払ってくれた。

「もう解放してあげる。ご苦労さんでした」

紗江子が言って、亮介は急いで廊下を玄関に向かう。

上がり框に座って、靴を履いていると、人の気配がした。ハッとして振り返ると、紗江子が上から優美な顔で見つめていた。

「きみ、気に入ったわ。今度、頼むときに、青木くんを指名するわね。きみの勤務シフトを教えてくれる？」

「でも、指名なんてできないと思いますよ」

「やってみないとわからないでしょ？」

「それじゃあ、一応……」

と、亮介は勤務する曜日と時間帯を教えた。

今は大学が春休みだから、ほぼ毎日働いている。

立ちあがって向かい合ったとき、紗江子がズボンの股間を見て、婉然と微笑んだ。

「すごいわね、きみ……まだ、ここが大きいままよ」

「あっ、すみません」

「さっきも、わたしの下半身を見て、ここを大きくしていたわね。そうよね？」

紗江子が股間のものをいきなりつかんできた。

「くっ……！」

「言いなさい！」

「……すみません。あそこが見えそうだったんで、昂奮して勃起しました」

つい素直に事実を答えていた。どういうわけか、相手が年上の女性だと、隠し事ができなくて、ありのままを伝えてしまう。

「いいわよ、その素直さが、かわいい……ふふっ」

紗江子がしなやかな手で股間をずりずりとさすってきた。

「……ああ、ちょっと。マズいです」

「何がマズいの？」

「……いえ、マズくはないですが……あっ……くっ！」

十九歳のおチンチンは毎朝、起きたときに勃起している。つまり、ほぼ毎日、朝勃ちするほどに元気がいい。

「もう、カチカチよ……確かめていい？」

有無を言わせず、紗江子がズボンと腹の隙間から手を突っ込んできた。ブリーフの裏へとすべり込んできた柔らかな手が、あろうことかじかに肉柱を握ってくる。

「あっ、くっ……」

「すごいわ、今、ビクッて……ねえ、青木くんは幾つなの？」

「……十九歳です」

「大学一年生？」

「はい……」

「女性経験は？」

紗江子が質問を畳みかけてくる。

どうしてそんなことを言わなければいけないのか、と思ったが、その間もしなやかな指がぎゅっ、ぎゅっと肉棹をしごいてくるので、

「女を知っているの？」

タイミング良く訊かれて、

「知りません」

「童貞ってことね」

「はい……」

ついつい童貞であることをカミンクアウトしていた。

ナメられると思った。しかし、紗江子はアーモンド形の涼しげな目をギラッとさせ

た。

「ますます興味が湧いてきたわ。うちは今、主人が海外赴任していてね……うん？　何かこの匂い？」

紗江子が何かに気づいたのか、ブリーフに突っ込んでいた手を出して、手のひらの匂いをくんくん嗅いだ。

「……えっ、何か匂いますか？」

「ええ……チーズとも違うわ。そうか、これって、ココナッツミルクの匂いね……ちょっといい？」

紗江子は一度後ろを振り返って二人の姿がないことを確かめると、いきなり、ズボンとブリーフをさげた。転げ出てきた肉の柱を見て、のけぞり、

「すごい角度……」

と感心したように言い、それから、顔を寄せた。ウエーブヘアをかきあげて、屹立(きつりつ)に鼻を近づけてくんくんと嗅いだ。

「やっぱり……ココナッツミルクだわ。どうしてなの？　何かつけてるの？」

「いえ、まったく」

「そうか……童貞だから、恥垢(ちこう)の匂いが変化したのかもしれないわね」

紗江子がひとりで納得している。

確かに、オナニーしたときに、右手に何か甘い香りが残るな、とは思っていた。しかし、それがココナッツミルクだとは知らなかった。だいたい、ココナッツミルクなど飲んだことも、匂いを嗅いだこともない。

「紗江子さん、ちょっと……」

そのとき、おそらく玲菜だろう声がして、

「解放してあげる。今度、呼ぶから来てね。わかった？」

紗江子がブリーフとズボンを引きあげて、同意を求める。

「はあ、店がいいと言うのなら……」

「わたしが、いいと言わせるわ。時間がかかったから、店の人が心配しているわ。いいわよ、もう……急いで帰りなさい」

ぽんと背中を押してくれる。

亮介は股間を突っ張らせながら、複雑な気持ちで、キャノピーに向かった。

2

最後の配達を終えて店に戻ったときには、すでに店は閉まりかけていた。

店内には店長の内田奈緒しかいない。キャノピーを停め、報告を終えた亮介が帰ろうとすると、

「ちょっと待って……一緒に帰ろうか？」

私服姿の奈緒が駆け寄ってきた。

ニットとスカートの上にコートをはおった奈緒は、ユニホーム姿のきりっとした感じとは違った、女らしい雰囲気に満ちていた。

「ああ、はい……」

うれしさを押し隠して、奈緒を待った。店の前の歩道を歩いていると、隣に並んだ奈緒がセミロングの髪をかきあげて、心配そうに訊いてきた。

「青木くん、何かあった？　今日、ちょっとへんだったわよ？」

「ああ、はい……ちょっと……いえ、何でもありません」

市村宅に配達しに行ったときに、ちょっと他人には言えない経験をした。

その困惑がその後もずっとつづき、以降の配達もスムーズにいかずに散々だった。

奈緒は気配りのできる人だから、心配してくれているのだろう。

「夕食はどうするの？」

「どこかで食べて帰ろうかなと……」

「じゃあ、一緒に食べようか？　そこの洋食屋さんでいい？」

奈緒がまさかのことを提案した。

「うれしいですけど……でも、ご主人は……？」

奈緒は会社員と三年前に結婚して、今はこの近くのマンションに住んでいる。子供はいないらしい。

「主人は出張でいないのよ。だから、たまには外食したいなって……大丈夫よ。おごってあげる」

「えっ、そんな、申し訳ないですよ」

「いいのよ、たまにはおごらせて。大学生だものね。お金がないのよね。わたしもそうだったわ」

「……そのとおりです。じゃあ、お言葉に甘えて……」

「いいわよ。おごってあげる」

奈緒が明るく笑った。笑うと、右側に笑窪ができて、魅力が増す。

二人は歩いてすぐの洋食屋に入った。

ハンバーグやポテトの美味い店で、懐が温かいときは亮介もこの店で腹一杯食べる。それに、個室に近い形で区切られているから、ゆっくりと食べられる。

二人はハンバーグ定食を頼んだ。

奈緒は「ゴメンなさいね。わたし、ここのビールが好きなの」と、ドイツのビールを美味しそうに呑んでいる。

白の薄いニットを着ているので、胸の大きなふくらみが目に飛び込んでくる。

今日見た人妻たちの胸も立派だったが、奈緒の胸とは質が違うように感じた。人妻たちの胸は大きいが、少し弛んでいると言うか……。それに較べて、今目にしている奈緒の胸は上側の直線的な斜面を下側の充実したふくらみが押しあげていて、その張りつめた感じがとてもセクシーだった。

それに、美味そうにビールを呑む奈緒のほっそりした喉元がこくっ、こくっと動いて、亮介はついつい見とれてしまう。

「青木くんは、まだお酒はダメなのよね？」

ジョッキを置いて、奈緒が大きな目を向ける。

「はい……五月十八日には二十歳になるんですが、それまでは、一応……」

「あと、二カ月ちょっとか……」

「ええ。少しくらい、呑んだっていいと思うんですけどね……」

などと話していると、ハンバーグ定食が来て、亮介は待っていましたとばかりに目玉焼きとチーズの載ったハンバーグを平らげる。

「よほどお腹がすいていたのね」

その様子を奈緒が愉しそうに見ている。

ライスをお代わりして、お腹が満たされたとき、奈緒が訊いてきた。

「今日、何があったの？　教えてくれる？」

抜群のタイミングだった。

それに、これだけおごってもらって、シカトするわけにはいかない。

「じつは……」

と、亮介は今日、市村宅で起こったことを話しだした。

例のごとく道に迷ってしまい、制限時間を一分過ぎてしまった。ちょうど三人でママ友会をしていて、料金をきちんと払うから配膳をしてくれと言われて、キッチンにあがって、冷めかけたピザをチンして、みんなに配った。

「それで、遅れたのを許してもらいました」

さすがに、勃起したおチンチンをいじられて……という件は明かせなかった。

「そうだったのね。帰りが遅いから心配していたのよ。それだったら、問題ないと思うわよ。でも、きちんと報告してほしかったな」

奈緒がやんわりとたしなめてきた。

それがキッカケになって、これまで口には出さず、胸のうちに溜めてきた思いが一気に噴き出した。

「俺、ダメなんです。デリバリーに向いてないんです。店長にあんなに場所を教えもらったのに、迷ってしまって……それに、店長もご存じのように、これが初めてじゃないんです。方向音痴だし、地理の覚えが悪いし、辞めたほうがいいんです。そのほうが店のためになるんです」

思いを吐露すると、

「それは違うわ」

奈緒がきっぱりと言ったので、びっくりした。

「青木くんは確かに道を覚えられないけど、お客さんへの受けはすごくいいのよ。この前、きみが配達したお宅に後で、訊いてみたのね。対応はどうだったかって……そうしたら、みなさん、青木くんはすごく感じがいいっておっしゃってくださったわ。とくに、女性の受けは良かったわよ。自分でどう思っているのか知らないけど、きみは人当たりがいいし、顧客をなごませるパワーを秘めているの。だから、つづけてほしい。道さえ覚えてしまえば、怖いものなしよ。それに……今、辞めてしまったら、きっとこれから先も同じことを繰り返すと思うのね。ちょっとつらいことがあったら、すぐに辞めるっていう……そういうのって、クセになるのよ。そういうバイトやパートの人を山ほど見てきたわ。だから、言っているの」

向かいの席から、奈緒が身を乗り出すように真剣に言う。

身を屈めたとき、V字に切れ込んだニットの胸元から、丸々とした乳房のふくらみとそれがせめぎあってできた深い谷間がのぞいて、亮介の視線はついついそこに落ちてしまう。

すると、視線を感じたのか、奈緒があわてて胸元を手で押さえて、

「もう……真剣に話しているのに……」

「ああ、すみません、ほんと、すみません……でも、今の店長の話、すごく身に沁みました。辞めたらそれがクセになるっていう……なんか、俺、これまでそういう人生を送ってきたような気がします。何をやっても中途半端で……」

亮介はぎゅっと唇を噛む。

「そうやって、自分を客観的に見られるってすごいことよ。大丈夫、きみなら」

励ますように言って、奈緒が亮介の手をつかんで、両手で包み込み、真っ直ぐに見つめてくる。

奈緒の手は温かくて、柔らかくて、すべすべだった。でも、思ったより細くて頼りなげで、とても愛おしく感じてしまう。

「つづけなさい。わたしも協力するから。できるよね？」

「はい……すみませんでした。弱音を吐いて……俺、もう少し頑張ってみます」

「よかった」

奈緒が心底ほっとしたような顔をした。

これまでも雇ったアルバイトやパートがすぐに辞めてしまうことが多く、そのことで、本部から注意を受けているのだと言う。

「それだったら、俺、絶対に辞めません。俺、店長のこと、好き……いや、尊敬していますから」

「……ありがとう。頑張ろうね」

奈緒がまた手を握ってくれた。

ドキドキしていると、「ああ、ゴメンなさい」と奈緒が手を離した。

握られていた手が一気に汗ばんで、心臓が激しく鼓動を打ち、下腹部のものが力を漲らせている。

（きっとこういうときに、大人はビールを呑むんだろうな……待てよ。これは初ビールの絶好のチャンスじゃないのか？　たとえ酔っぱらっても、奈緒さんが介抱してくれるだろうし……）

一度そう思ってしまうと、ますます喉が渇いて、我慢できなくなってきた。

「あの……何か、急に喉が渇いてきて……その、ビール、少しだけいいですか？」

「ダメよ。さっき自分でもまだ未成年だからって言ったばかりじゃない」

「でも、あの、今、店長に手を握られたら、急にドキドキして、ビールが欲しくなって……少しだけでいいんです。今まで一滴もアルコールを呑んだことがないんです。これも、店長のせいですからね」

奈緒は少しの間、迷っているようだったが、

「わかったわ。わたしのせいだものね……少しなら、許します。でも、わたしのは口をつけてしまっているから、別に頼んであげる。きみの歳はこれよ……」

奈緒が口の前に人差し指を立てた。

それから、小ジョッキを頼んでくれた。

しばらくして運ばれてきた小ジョッキは金色の半透明の液体の上に、きれいに白い泡の層が盛られていて、見るからに美味しそうだった。

「いきますよ」

ジョッキの耳みたいな把手（とって）をつかんで、厚いガラスにそっと口を当てる。傾けると、最初は柔らかな泡が口にまとわりついてきたが、さらに傾けると、ほろ苦い独特の香りがある液体が口に入ってきた。初めてのビールに違和感を覚えながらも、思い切ってこくっと呑むと、冷たいが清涼感のあるなめらかな液体が喉を通過していった。

「どう？」

奈緒が身を乗り出して、訊いてくる。

「ううん、美味しいです！　喉がすっきりするし、苦みのなかに大麦の味が含まれていて、メチャクチャ美味しいです」

実際にそう感じたのだ。

「へえ、すごいわね。最初から味がわかるなんて、ひょっとして亮介くん、呑兵衛（のんべえ）かもよ」

言われて、そうかもしれない、と感じた。なぜなら、父が大酒呑みで、母がよく愚痴をこぼしていたからだ。

そのことを告げると、奈緒は「それなら、絶対にそうよね」と微笑んだ。

話をつづけようと、奈緒のことを訊いた。

内田奈緒は大学を卒業してから、ピザLの本部で働いていたが、三年前、二十六歳のときに結婚した。相手は友人の紹介で知り合った二つ年上の会社員。子供ができるまでは、働くつもりだと言う。

「じゃあ、子供ができたら、今のお店辞めるんですか？」

「ほんとうは働きたいの。でも、うちの会社は産休がほとんど取れないから、つづけるのは厳しいかもしれないわ」

「俺、店長には辞めてほしくないです」

「……その心配は必要ないかもしれない」

奈緒が思わせぶりな言い方をした。

「えっ？　どういう……」

「やることをしないと、子供は授からないでしょ？」

「えっ……？」

心臓がドクンと強い鼓動を打った。

（やることしないと、って……それって、つまり、ご主人とはセックスしていないってことじゃないか？　しかも、それを俺に言うって……）

それが何を意味するのかはわからない。しかし、気を許した相手じゃないと、こんな大切なことは言わないだろう。

心臓がドクッ、ドクッと脈を打った。下腹部にも血液が流れ込み、そのせいなのか、気づいたら、ニットを持ちあげる形のいい胸に視線を釘付けにされていた。

「いやだわ、青木くん、どこを見ているの？」

奈緒が手で胸のふくらみを隠した。

「あっ、すみません……」

「……ねえ、ひとつ訊いていい？」

「はい」

「青木くん、ガールフレンドはいないの？」

奈緒がどんな心境で訊いたのかわからないが、自分のことを知りたいと思ってくれているのだから、これは悪い状態ではない。

どう答えようか迷った。しかし、ここは事実を打ち明ければいい。

「ガールフレンドはいません。俺、高校も男子校だったし、女の子とつきあうチャン人もなくて……」

「そう……きみだったら、ガールフレンドとか簡単にできると思うけどな。なんか、放っておけないって言うか」

「そうだったらいいんですけど……俺、一度も女性とつきあったことがなくて」

「同年代にしたら、頼りなく感じてしまうかもしれないわ。でも……」

「何ですか？」

「年上なら、きみをかわいいと感じるんじゃないかしら？」

アーモンド形の大きな目をきらきらさせて、奈緒が見つめてくる。

（……奈緒さんも年上です。俺、ほんとうは奈緒さんに男にしてもらいたいです）

そう言いたかった。しかし、いきなり告白なんてできない。

（だけど、奈緒さんがわざわざ年上なら、と言ってくれたのだから、これはひょっとして……いや、考えすぎだろう！）

ますます喉が渇いて、ぐびっ、ぐびっとビールを呑んだ。緊張でひりついた喉が潤って、いっそうビールを美味しく感じてしまう。

「ちょっと、青木くん、呑みすぎよ」

「大丈夫ですよ。父なんか、いくら呑んだって酔わないんですから」

強がっているのではない。実際にそう感じはじめていたのだ。

しかし、父と自分は違っていた。

気づいたときには、酔っていた。いや、これまでお酒に酔ったという経験がないからよくわからないが、このふらふらした状態が酔うということなのかもしれない。

明らかに視野が狭まってきて、頭もぼうとして、やたら気持ちが大きくなってきた。口もかるくなっていた。

「俺、二十歳のバースディまでには男になりたいんです。誕生日が四月十五日だから、もうひと月を切ってるんです」

などと、言わなくてもいいことまで口に出していた。明らかに呂律(ろれつ)がまわっていない。

その後も、ぐたぐたと愚にもつかないことを喋っていると、奈緒がテーブルに乗り出して、

「酔ってるわよ。そろそろ帰ろうか」

声をひそめる。

「まだ、大丈夫れす。もう少し……」

「これ以上はダメ。出ましょう」

奈緒が立ちあがり、レジで勘定を払う。

亮介も席を立ったものの、足元がふらついてしまう。

店を出て、ひとりで自分のアパートに向かおうとしたものの、頭のなかがぐるぐるまわっていて、とんでもない方向へと歩いてしまう。

「わざとやってる？」

奈緒が眉をひそめた。

「わざとじゃないです！　ご馳走様でした。美味しかったれす。さよう……」

前に進んだところで、ガツンと何かにぶつかった。目の前の電柱に頭を打ちつけたのだ。

「いてて……！」

「ほら、全然、大丈夫じゃないわ」

「す、すみません。頭のなかがまわっていて……」

「アパートは近いの？」

「徒歩五分です」

「送っていくわ」

「いいれす……自分で帰れます……」

「わたしが呑ませたんだから、責任があるのよ。いいから……」

肩を貸してくれたので、亮介は奈緒に寄り添うように歩く。柔らかな髪の感触やシャンプーの爽やかな香りを感じる。

ふらつかないように手を腰にまわしてくれているので、コート越しに弾むような胸のふくらみを感じる。

夜気が肌を刺してくる。しかし、昂奮してしまっているのか、寒さなどいっこうに気にならない。むしろ、体の中心が熱い。

このまま、身を預けたくなる。股間のものが硬くなってきて、それがズボンを押しあげて、歩くのがつらい。

どうにかしてアパートに到着して、覚束ない手つきで鍵を開けた。二階建てのアパートの一階の角部屋が亮介の住処だ。

玄関ドアを開けて、「ありがとうございました。もう大丈夫れす……」と一歩室内に足を踏み入れところで、上がり框に座り込んだ。

「大丈夫じゃないみたいね」

奈緒がドアから入ってきた。

3

狭い１ＤＫの部屋に置かれたシングルベッドに腰かけて、亮介は横になりたいのをこらえて、かろうじて座っている。

奈緒がキッチンで汲んだ水を飲ませてくれる。

「すみません……迷惑ばかりかけて……」

「いいのよ。飲んで」

ごくっ、ごくっと水道の水を飲んだ。マズい。それでも、何となくビールのアルコールが薄まっていくような気がする。

空になったコップを受け取って、奈緒がそれをサイドテーブルの上に置き、心配そうに覗き込んでくる。かるくウエーブしたセミロングの髪、白いニットを持ちあげた形のいい胸、年頃の女性だけが放つ甘いフェロモン――。

「店長……なんで俺なんかに親切にしてくれるんです？　俺なんか、最低の男じゃないすか」

「なぜかしらね？　さっきも言ったと思うけど、きみを見ていると放っておけなくなるのよ」

奈緒がベッドの前にしゃがんだ。

「……あの、俺……」

「なあに？」

「て、店長のことが……」

好きです、と言おうとしたとき、

「ダメよ」

奈緒が自分の口の前に人差し指を立てた。それから、

「もう、横になっていいわよ。帰るわね」

立ちあがって踵(きびす)を返したので、亮介はその腕をつかんでぐいっと引き寄せながら、ベッドに引きずり込む。シラフでは絶対にできないことだった。

「あっ……」と声をあげて、奈緒が倒れ込んできた。

折り重なってきた女体の背中のあたりを抱きしめると、

「待って……待ちなさい」

奈緒が身体を放そうと、じたばたする。ニットを通じて、柔らかな胸のふくらみを感じる。

「好きなんです。店長が好きなんです！」

思いを告げて、抗う奈緒を抱きしめる。

力任せに抱きしめられて、奈緒もこれでは抗えないと感じたのだろう。

「わかったわ。寝かせつけてあげる。だから、この手を離して、お願い」

今にも泣きだしそうなほどに眉を八の字にして、訴えてくる。それを見て、亮介は我に返った。手を離すと、奈緒が言った。

「……ダメよ、女の人にこんなことをしては」

「す、すみません、俺……もうしません」

「青木くんは酔っているのよ。わたしもいけないの、きみにビールを……。だから、責任は取ります。きみが寝つくまで、一緒にいてあげる。それでいいよね？」

「……はい」

「添い寝してほしい？」

「はい、もちろん！」

「へんなことをしてはダメよ」

「はい！」

「返事がよすぎて怖いわ。待ってね。服を脱ぐから、きみも脱いで。下着はつけたままでいいのよ」

「はい！」

奈緒がニットに手をかけて、剝きあげていく。

すると、ベージュのスリップが現れた。つづいて、スカートも脱いでいく。

昂奮して見ながら、亮介もセーターとシャツを脱ぎ、さらに、ズボンをおろして、足先から抜き取った。ブリーフの股間をイチモツが高々と突きあげていたので、見られるのが恥ずかしくて、とっさに隠して、掛け布団を引きあげる。

奈緒はすでにスリップだけの姿になっていた。

肩には二本ずつ肩紐がかかっている。片方は肌色で、もう一方が黒だから、きっとこれは黒いブラジャーのストラップに違いない。

「こうやって脱いでいるのは、青木くんにいやな思いはさせたくないから。添い寝するなら、なるべく肌と肌を触れあいたいから……何かを期待しているわけじゃないのよ。それはわかる？」

「はい……わかるようにします」

「やけに素直だけど、ウソじゃないよね」

「もちろん」

「信じるわよ」

奈緒が胸のふくらみを隠しながら、亮介の隣に身体をすべり込ませてきた。

横臥（おうが）して、亮介のほうを見たので、柔らかく波打つ髪が肩から首すじにかけてかかり、ゆるんだスリップの胸元からは黒いレースの刺しゅうがあしらわれたブラジャーが見えていた。

「ふふ、緊張してるでしょ？」

「はい……」

「いいのよ、こっちを向いて」

仰向（あおむ）けに寝ていた亮介は、言われるままに横臥した。

奈緒と視線が合い、照れて目を伏せる。すると、肌色の光沢のあるスリップの胸元から、黒いブラジャーに押しあげられた真っ白な乳房のふくらみがはっきりと見えて、ごくっと生唾を呑み込んでいた。

「いいのよ、眠りなさい」

奈緒がぎゅっと抱きしめてくれたので、亮介の顔は胸のふくらみに押しつけられる。

（眠りなさいって……絶対に無理だ。そんなの絶対に……ああ、柔らかくて、気持ちいい……）

昂奮して、呼吸が乱れた。

奈緒も汗をかいているのだろう、息を吸い込むたびに、甘酸っぱい香りが鼻孔に忍び込んでくる。

肌色のスリップはシルクのようにすべすべで、胸元がV字に切れ込んでいるので、顔の上半分は素肌に触れている。そのきめ細かいもち肌もしっとりと湿っていて、しかも、いい香りがするのだ。

奈緒は、亮介の背中をまるで赤子を寝かせつけるようにトントン叩き、それから、背中をさすってくれる。

満たされていた。このまま、ずっとオッパイに顔を埋めて、ナデナデされていたい。だが……。

体がそれを許さなかった。

十九歳の欲求不満の下半身は痛いほどに勃起し、ブリーフが先走りで濡れていた。もっとオッパイを感じたかった。ごく自然に、顔をずりずりと胸に擦りつけていた。なめらかな布地の下で乳房が揺れながら、顔を覆ってくる。その弾むような柔らかな揺れが、亮介に至福をもたらした。

顔を横に振って、いっそう強く顔を擦りつけると、

「ダメっ……添い寝だけって言ったでしょ？」

奈緒が悪戯（いたずら）っ子を諭すように言って、目で制してくる。

「すみません……あの、くっついているだけならいいですか？」

妥協策をとっさに考えて言う。奈緒がうなずいたので、亮介は顔面をふたたび乳房の谷間に寄せる。

自分の放つ温かい息が胸の谷間にかかり、返ってくる。

ダメだ。我慢できない。

これで自制できる男などいやしない。どんな聖人君子でも無理だ。

亮介は右手を静かにあげていき、上側になっている乳房をつかんだ。肌色のスリップ越しにブラジャーごとぎゅうとつかんだとき、

「んっ……！」

びくっとして、奈緒がのけぞった。

（ああ、今のは……！）

経験がないからはっきりとはわからない。でも、今のは奈緒さんが感じたんじゃないか？

熱い歓喜が沸きあがってきて、つかんだ乳房をさらに強く揉みあげたとき、

「んんっ……ダメっ！」

奈緒が胸に伸びた亮介の手をつかんで、いやいやをするように首を振った。

さっきまでとは違って、亮介を見る大きな目が潤んで、鳶色の瞳がきらきらと光っている。

「ダメだと言ったでしょ？」

「……わかっています。でも、俺、もう……」

自分がどんな状態になっているかを知ってほしくなり、奈緒の手をつかみ返して、股間に持っていった。

ブリーフを高々と持ちあげたイチモツに押しつけると、奈緒がハッとして手を外そうとする。亮介は引こうとする手を強く握って、ふたたびブリーフの高みへと引き寄せて、よくしなる身体を抱き寄せた。

「店長が好きです。好きなんです」

思いを告げると、奈緒は無言で見つめてくる。その心のなかを覗き込むような真剣な表情が、亮介を金縛りにする。

（ああ、きっと、フラれる！）

ぎゅっと目を閉じたとき、股間に添えられた奈緒の手が静かに動きはじめた。

　エッと思って目を開ける。奈緒は亮介を真っ直ぐに見つめたまま、ブリーフの上からイチモツをさすっているのだ。

「青木くん、すごくかわいいと思う。男にしてあげたいの。でも、わたしには主人がいるから……だから、これで我慢して……」

　真剣に言い聞かせるように奈緒が言う。それから、亮介を仰向けにすると、下半身のほうへと移っていった。

（こ、これで我慢してって……もしかして……！）

　顔を持ちあげると、足の間に腰を割り込ませた奈緒が真下から屈み込むようにして、股間にキスをしてきた。

　ブリーフ越しにちゅっ、ちゅっと唇を押しつけながら、勃起しきって上を向いた屹立をさすりあげてくる。

（信じられない……あの奈緒さんが！）

　顔を持ちあげて、おずおずと股間は奈緒を見た。

「いいのよ……これくらい、したっていいの」

　奈緒は自分に言い聞かせるように独りごちて、黒髪を艶（なま）めかしくかきあげた。

　それから、ブリーフ越しに肉柱の裏側をさすりあげ、ビキニタイプのブリーフからはみだした亀頭部に丁寧にキスをする。

気持ち良すぎた。ぬるぬる、むずむずした舌の感触。しごかれるたびに、内側から
ひろがってくる震えがくるような充溢感――。

次の瞬間、ブリーフが引きさげられていく。

さがるはなから飛びだしてきた分身は、すごい角度で臍に向かっていた。

それを見て、奈緒は一瞬驚いたようだった。が、すぐに、

「出していいからね」

亮介を見てやさしく言い、亀頭部の割れ目を舐めてきた。ゆっくりと、尿道口に沿
って舌でなぞっていたが、

「気のせいかしら？　きみのここ、すごくいい香りがする。何の匂いかしら？」

顔を離して、慎重に匂いを嗅ぎわけようとする。

「ひょっとして、ココナッツミルクですか？」

「ああ、そうだわ。そうよ……確かに。自分でもそう思うのね？」

「あ、はい……自分でするとき……」

今日、配達先で市村紗江子に指摘されたなど、とても言えない。だが、奈緒までも
が同じことを言うのだから、これはやはり錯覚などではなく、事実なのだろう。

「すみません。へんな匂いで……」

「ううん……へんじゃない。むしろ、女の人は悦ぶかもしれない。かきたてられるんじゃないかな？」

「媚薬、ですか？」

「ええ……」

「……店長もかきたてられますか？」

「さあ、どうかしら？　少なくとも、いやな匂いではないわよ」

そう言って、ふたたび奈緒は亀頭部に舌を走らせる。

（店長が、憧れの女性がオシッコの出る孔を舐めてくれている。信じられない。あの店長が自分ごときのチンチンを……！）

這うようにしているので、スリップの胸元にゆとりができて、黒いブラジャーに包まれた乳房がかなり際どいところまで見えてしまっている。肌色のスリップに包まれた尻が持ちあがって、その急激にせりあがった腰や背中のしなりがセクシーだ。

と、奈緒が顔を傾けて、亀頭冠の出っ張りを舐めはじめた。カリに沿ってぐるっと舌を走らせ、髪をかきあげて、亮介を見た。

自分の愛撫がもたらす効果を推し量るような目がとてもチャーミングだ。

視線が合って、奈緒は恥ずかしそうに目を伏せた。それから、臍に向かっている勃起の裏筋を舐めてきた。

睾丸のほうから、裏筋に沿ってツーッ、ツーッと舌を走らせ、肉柱の根元を握って、亀頭冠の真裏に舌を留まらせる。

「あっ……くっ……くうぅ」

亮介は唸って、歯を食いしばる。ここがこんなに気持ちいいなんて知らなかった。裏筋の発着点をちろちろと舌先でくすぐられると、むずむずした感覚がひろがって、それがさしせまった大きな快感へと育っていく。

「ぁああ、気持ちいいです。たまらない……ぁあああ」

思わず訴えると、奈緒が舌をつかいながら見あげてきた。垂れさがった髪をかきあげて、目だけでにっこりしつつ、舌を左右に振りつづける。

(すごい……奈緒さんもこんなエッチな表情をするんだな)

フェラチオされたのももちろん初めてで、したがって、フェラチオする女性の顔の表情や仕種を目の当たりにするのも初めてだった。

(いやらしすぎる！)

セクシーな顔を目に焼きつけていたとき、奈緒がふっと目を伏せた。

そして、唇をかぶせてくる。品のいい、すっきりとした唇が亮介のイチモツを頬張ってくる。くちゅくちゅと音がして、頬が凹む。

奈緒は屹立を吸い込みながら、なかで舌や口腔粘膜を勃起にまとわりつかせているのだ。

（ああ、すごい……！）

ぐちゅぐちゅといやらしい音とともに吸われると、分身がますますギンとして、奈緒の口のなかで大きくなっていくのがわかる。

と、奈緒がちゅぽんと吐き出して、いきりたったものを握り、

「若いから、元気なのね。こんなに元気なおチンチン、初めてよ」

にっこりして言い、ふたたび唇をかぶせてくる。

今度は唇を縦にすべらせる。柔らかくて湿った唇が肉棹の表面にからみつくようにして、ゆっくりと上下動する。

「ああ、くっ……！」

気持ち良すぎた。

根元近くまで降りていった唇が這いあがって、亀頭冠まで刺激してくる。また降りていって、根元から静かにあがってくる。

それを繰り返されると、ジーンとした快美感があっという間にふくれあがってきた。

「あっ、ダメです……ダメ、ダメ、ダメ……」

思わず訴えると、奈緒はいったん肉棹を吐き出して、

「出していいのよ。お口に出して……」

亮介を見て言う。

ウエーブヘアがかかった目がいつもと違って、潤んだようにぬめ光り、どこかとろんとした表情をしている。

いつもピザ店で見ているきりっとした目付きとはあまりにも違う奈緒の目に、亮介は発情した。

奈緒がまた顔を伏せて、唇をかぶせてきた。今度は右手も使っている。根元のほうを強く握って、ぎゅっ、ぎゅっとしごきながら、それと同じリズムで亀頭冠のあたりに唇をすべらせる。

唇だけでなく、なめらかな舌もねっとりと裏のほうにからみついている。

顔を打ち振るたびに、セミロングの髪も揺れ、柔らかな毛先がさわさわと下腹部を撫でてくる。

出したくなかった。せっかく奈緒が頑張ってくれているのだ。こんな機会、もう二

度とないだろう。もっともっと、この悦びを味わっていたかった。

しかし——。

根元をしなやかな指で握られて、ぎゅっ、ぎゅっと摩擦され、敏感なカリとその裏側を柔らかな唇と舌で刺激されるうちに、甘い快感がふくれあがってきた。

「ぁああ、くっ……出ます。出ちゃいます……ぁあぁぁ」

顔を持ちあげて、奈緒を見た。

すると、這うようにして尻を持ちあげた奈緒は、ちらりと亮介を上目づかいに見て、目で「いいのよ。出していいのよ」と訴えてくる。

それとともに、指と唇の往復が大きく、速くなって、亮介は一気に追いつめられる。

自分でするときの数倍、気持ちがいい。

「くうっ……出ます……出る！　おおう……うわぁ！」

亮介は咆哮をあげながら、放っていた。

溜まっていた精液が奈緒の口腔めがけて、飛びだしていく。終わったかと思うと、また放たれる。

そして、奈緒は口を離すことなく、激しく躍りあがる肉茎を咥えたままだ。

亮介は腰を持ちあげ、肉棹を口の深いところまで突き入れていた。

放出が終わったと思ったそのとき、奈緒がチューッと吸ってきた。

「ぁあぁぅ……」

亮介はまたまたブリッジするように腰をせりあげる。

残っていた精液ばかりか、魂までもが吸い出されていくようだ。

(こんな気持ちいいことが世の中にあったんだな……)

すべての精液を打ち尽くし、亮介はがっくりと腰をベッドに落とした。

自分が脱け殻になったようだ。しかし、じわっとした甘い快感がいまだに下半身に残っている。

自分でするときは射精してしまうと、虚しくなる。なのに、今は全然違う。むしろ、口内射精の心地よい余韻に全身が満たされている。

奈緒が下腹部から顔をあげて、口角に付着していた白濁液を指ですくって、その指を舐めた。

肌色のスリップがまとわりつく身体は、汗でしっとりと濡れていて、あらわになった色白の肌がぽぅと紅潮したようにピンクがかっていた。

汗のためか、スリップが下腹部にぴったりと張りついて、腹部と左右の太腿が作るいやらしい窪みが深く刻まれていた。

　奈緒が服を着るのを見て、必死の思いで引き止めた。

「い、行かないでください」

　しかし、その思いも届かないのか、奈緒はセーターとスカートの上にコートをはおって、

「ほんとうはいたいけど、でも……わかって。わたしには主人がいるの。たとえ主人が出張で留守でも、帰らないと……」

「でも、さっきやることしないと、子供はできないって……それって、ご主人と上手くいっていないってことでしょ？」

　いまだに残っている酔いに任せて言う。

　奈緒はハッと息を呑み、亮介を見つめた。何かを考えていたが、結局はそのことには触れずに、

「ゴメンなさい」

　ベッドの上の亮介の額にちゅっとキスをし、玄関に向かった。

「店長！　奈緒さん！」

　亮介は立ちあがって、後を追い、コートの背中からしなやかな肢体を抱きしめる。

「すごいわね。出したらおさまるかと思ったけど……」

「本物ですから。店長への気持ち……」

「うれしいわ。でも、今晩は帰るって決めたのよ……明日、お店に来るよね？」

「はい、もちろん」

「ありがとう……ねっ、お願いだから、今晩は解放して」

亮介は仕方なく手を離す。

「いい子ね……さようなら、明日待っているわ」

奈緒は振り向いて言い、コートの前を合わせ、玄関ドアを開けて出ていく。

足音が遠ざかり、亮介はまたベッドに寝転ぶ。

剝きだしの肉茎にはまだ奈緒の唾液がついていて、その湿り気が亮介を切ない気分にさせる。

「ああ、店長……奈緒さん！」

奈緒の体臭の残っている布団に、肉茎を擦りつけた。

第二章　欲しがり妻のご指名

1

翌日、亮介は午後のシフトで、店に出た。

今、大学は春休みなので、今のうちにできるだけ稼いでおきたかった。

昨夜、あんなことがあったので、正直言って、奈緒と顔を合わせるのが不安だった。

亮介としては最高の経験だった。それに、少し大人になったような気がする。

しかし、店長にとってはどうだったのだろう？　いくら猛り狂った性欲を鎮めるためとは言え、アルバイトのおチンチンをしゃぶり、ゴックンしたのだ。

帰宅して冷静になったとき、自己嫌悪に襲われたのではないか？　後悔して、亮介と顔を合わせるのがいやになったのではないか？

だが、それは取り越し苦労だった。

亮介が出勤したとき、奈緒は「今日も頑張ろうね」と目を合わせて、にこっとしてくれた。その明るい笑顔を見て、亮介はホッとし、今日一日頑張るぞという活力が湧いてきた。

奈緒に励まされてやる気になったせいもあるのか、この日は配達ミスもなかった。こうなると、この職場はなかなか快適だった。

店に戻ると、インストアでは、奈緒を初めとして、レベルの高い女の子たちが制服を着て、ピザを作っている。ほとんどがアルバイトで大学生が多い。

したがって、調理を手伝っている間も気分がいい。

注文がきたら、ピザが出来上がるのを待って、亮介が三輪スクーターで届ける。

(いいぞ。やればできるじゃないか)

亮介がデリバリーを終えて店に帰ってきたとき、

「ちょうどよかったわ。市村紗江子さまからオーダーが入ったの。それが、青木くんご指名で、きみじゃないとダメだと言うのよ。青木くんは今配達に出ていますと言ったら、待つから、あの子に届けさせてって……。今度、またママ友会を開くときは、ピザを注文するからっておっしゃるんだけど……どうしようか？　気が進まないなら、誰かにまわすけど」

奈緒が困ったような顔をした。昨夜の亮介と紗江子の経緯を聞かされて知っているから、気をつかってくれているのだ。

ここは、店長の手をわずらわせるのがいやだった。

「だったら、俺が届けますよ」

「大丈夫？」

「はい、平気です。お客さまは大切にしないとね」

「そうね。わかったわ……じゃあ、行ってもらおうかしら」

奈緒はちょうど焼きあがった二枚のピザを箱に詰め、保温パックで包んで、亮介に手渡す。

「昨日の今日だから、場所は大丈夫ね？」

「はい。任せてください。俺、今日は絶好調ですから」

昨夜、店長にあそこを咥えてもらったから、という気持ちを込めて見ると、思いが伝わったのか、奈緒がはにかんだ。

後ろでまとめられた髪からのぞいたふくよかな耳が、サーッと赤らんでいく。

そんな姿にドキドキしながら、

「行ってきます」

と、ピザをキャノピーの後ろに積んで、店を出る。

昨日さんざん迷ったから、道順は頭に刻まれている。

赤い長袖シャツに黒いズボンというユニホームで、亮介はキャノピーにまたがっている。

昨日、あそこをニギニキされて、これからはきみを指名すると言われた。その翌日に有言実行の形で、亮介を指名で注文が入ったのだ。

市村紗江子は落ち着いた感じで、包容力はありそうだが、ママ友のボスなのだからきっと行動力抜群なのだ。

何をされるんだろう、という不安は大きい。だが、何かいいことが待っているんじゃないか、という期待感もある。

優美な感じの奥様にあそこを触られるのは、普通なら、歓迎すべきことだ。そうしてほしくてもなかなかできないことだ。だが、心から喜べないのは、きっとそれを強制されるからだ。自分で望むのと、強引にされるのでは全然違う。

たとえ童貞であっても、男としてのプライドはある――。

もちろん、相手次第だ。相手が店長なら、何を言われても、どんなことをされても全然問題ない。むしろ、うれしい。店長のためなら、何だってできる。

キャノピーに乗っている間も、昨夜のことを思い出すと、あそこが硬くなってくる。スクーターの振動が股間を刺激してきて、力を漲らせてしまう。

（ダメだ。おさまれ、おさまれ）

ムスコに言い聞かせているうちに、市村紗江子の家に到着した。今回はまったく迷うこともなかった。

（よしよし、やればできるんだ）

銀色の保温パックに包んだピザを持って、インターホンを押すと、随分と時間が経過してから、ドアが開いて招き入れられた。

上がり框に立っている紗江子を見て、エッと思った。

白いバスローブのようなものをはおっていたからだ。しかも、胸元は二等辺三角形の形に開いていて、おそらくノーブラだろう胸のふくらみが半分ほども見えてしまっている。

「ゴメンなさいね。ちょうど今、シャワーを浴びていたのよ。今日は迷わなかった？」

バスローブにかかったセミロングの黒髪を触りながら、目鼻立ちのくっきりした顔を向けて、やんわりと言う。

「はい、大丈夫でした」

「そう……入って」

「えっ……？」

「いいから、あがりなさい」

「でも……」

「大丈夫よ。今、店に電話を入れておいたから。青木くんにインテリアを直すのを手伝ってもらうから、遅くなるって……女性店長がわかりましたって。以前に店に行って、お持ち帰りをしたとき、彼女が応対してくれたのよ。きれいで、チャーミングな方ね。もしかして、青木くん、彼女に入れ揚げてるんじゃないの？」

図星をさされてうろたえながらも、

「違います。へんなことを言わないでください」

「ふふっ、その言い方が怪しいわ。まあ、いいわ。そういうことだから、きみはうちで時間を潰しても大丈夫なのよ。あがって。手伝ってほしいことがあるのよ」

店長の許可が出ているのなら仕方がない。

子供は塾に行っていて、あと二時間は帰ってこないと紗江子は言う。ママ友もいない家は静かで、昨日の騒がしさがウソのようだ。

リビングに通される。熱いうちに食べたいから、と言うので、ピザをセンターテーブルに置いて、箱を開く。

「お腹、すいているんじゃないの？　いいわよ、食べて……ほら、そこに座って」

センターテーブルの前の絨毯に正座すると、

「アーンして。食べさせてあげる」

「いや、そんなこと……」

「いいのよ。わたしがそうしたいんだから……はい、アーン」

ピザのワンピースを口許に持ってこられたとき、紗江子が屈んだので、バスローブの胸元がはだけて、丸々とした乳房が乳首の見えそうなほどのぞいて、ドキッとする。

口を開けると、その口に二等辺三角形のピザが押し込まれる。

性欲と食欲だけは強い。むしゃむしゃ食べる。

やはり、うちのピザは美味しい。

「いい食べっぷりだわ。わたしもいただくわね」

紗江子がピザを手でつかんで、頬張る。

その瞬間、ピザが喉に詰まりかけた。

紗江子が足を組んだので、バスローブの裾がめくれあがって、組まれて重なっているむっちりとした左右の太腿がほぼ見えてしまったのだ。

「うふっ……！」

噎せてしまい、テーブルに載っていたジュースをあわてて飲んだ。

「大丈夫？」

うなずいた次の瞬間、今度はジュースを噴き出しそうになった。

紗江子が膝を解いて、足を開いたのだ。

絨毯に正座している亮介には、ひろがった太腿がまともに目に入ってくる。

必要以上にひろがった色白でむちむちした太腿の内側がかなり際どいところまでのぞいてしまっている。それだけではない。何やら、赤いレースのようなものと漆黒のものが奥のほうでちらちらしている。

（これって……？）

目が離せなくなった。

すると、紗江子は亮介を見ながら、さらに足をひろげていったのだ。

大理石の円柱みたいな太腿がどんどん開いていく。それにつれて、奥のほうが完全に見えてしまった。

赤いスケスケのパンティを穿いていた。しかも、中心部がぱっくりと割れていて、黒々とした繊毛がはみだしており、左右のびらびらまでが目に飛び込んできた。

（これは、確かオープンクロッチパンティ……！）

エッチ系の週刊誌の広告で見たことがあった。肝心な部分が開いていて、脱がなくてもセックスできる大人のランジェリーだ。

（こんなに露骨に見たら、ダメだ。しかし……）

目を伏せようとしたとき、紗江子の手が動きだした。

直角ほどにひろがった、長い太腿を左右の手が撫であげていき、内側をいやらしくさする。

亮介の視線は釘付けになって、目を離すことができなくなった。股間のものがすごい勢いでいきりたち、制服の黒いズボンを突きあげる。

すらりとしているが、太腿はむっちりした片方の足がソファにあげられた。

紗江子は右足を座面に置いて、ぐっと外側に開いたので、陰毛の底がまともに目に飛び込んできた。

閉じていた肉びらがひろがって、そこがぬらぬらと光っているのだ。

2

「ふふっ、興味がありそうね。来なさい」

「えっ……？」

「こっちに……いいから、来なさい」

亮介はふらふらと近寄っていく。

「そこに座って……いいのよ。触っても」

「でも……」

「わたしがいいって言ってるんだから。それとも、興味がないの？」

亮介は激しく首を左右に振る。

「そうか……初めてだから、やり方がわからないのね。見ているのよ」

紗江子が翳（かげ）りの底を撫ではじめた。蘭の花みたいに細長い花芯の外側を両手でゆっくりと撫で、それから、肉びらに指を添えて、ぐいとひろげた。

（ああ、すごすぎる……！）

びらびらが開ききって、内部の赤みがぬっと姿を現した。しかも、濃いピンクの粘膜のようなものが濡れて、ぬぬぬめとしている。

紗江子がこちらをうかがいながら、訊いてきた。

「ここを見るのは、初めて？」

「……ああ、はい」

「どう？」

「どうって……」

「感想を聞きたいの」

「……すごく濡れてて、ぬるぬるしてて……すごく、そそられます」

「わたしのここ、おチンチンを入れると、すごく気持ちいいらしいわよ。わたしのものはミミズ千匹らしいの。わかる？　なかにミミズを千匹飼ってるみたいに、ヒダヒダがおチンチンにからみつくってこと。だから、きっと気持ちいいと思うわよ……入れてみる？　入れたいでしょ？」

「は、はい……」

「いいわよ。でもその前に、ここを舐めてほしいの。きみの唾でもっと濡らしてほしい。できそう？」

亮介はこくっとうなずく。

ほんとうは初めてのクンニも挿入も、奈緒にしたかった。しかし、目にしている女性器はとても淫らで、誘うように濡れていて……。

「ピザはチンすればいいから……ねえ、舐めて……ぁあうぅぅ」

早くして、とばかりに紗江子はぐいぐいと下腹部を突きだしてくる。

指で肉びらを開いたままなので、内部のサーモンピンクがうごめくようにヒクヒクして、亮介は誘われるように顔を近づけた。

ほのかなチーズ臭がして、がばっと貪りつくと、ぬるっとした粘膜を感じて、

「ぁあああ……！」

紗江子がぐぐっと下腹部を突きだしてきた。

シャリシャリした繊毛、濡れてぬるぬるしている花芯──。

ピキッと何かのスイッチが入って、亮介は無我夢中でそこを舐めた。いっぱいに出した舌でぬめりをなぞりあげると、まったりとした粘膜のようなものが舌にへばりついてきて、

「んんんっ……！」

紗江子のくぐもった声が聞こえてきた。

どうしていいのかわからないまま、本能に任せて舐めていると、

「ああ、きみの舌、ぬるぬるざらざらしてて気持ちいいわ。ぁああ、ぁあああ……ねえ、上のほうにクリちゃんがあるでしょ？　ポリープみたいな……そこを舐めてくださらない？」

紗江子が色っぽくせがんでくる。

濡れた濃い陰毛の流れ込むあたり、笹舟形の上のほうに小さな肉芽が皮をかぶって、せりだしていた。

「こ、ここですか？」

上のほうの尖ったところをおずおずと舐める。

「ぁあん……！　そうよ、そこ……そこは女性がとっても感じるところだから、強くしなくていいのよ。やさしく、繊細に……そうよ、そう……ぁあああうぅ」

亮介は突起に慎重に舌を這わせた。つづけるうちに、紗江子が顎をせりあげはじめた。

（感じている。感じてくれているんだ！）

無我夢中で舌を左右に振って、突起を弾く。すると、紗江子はさらに感じてきたのか、

「あっ……あっ……そうよ。上手……ぁあああ、あああ……いいの、それ、いいの

……ぁあああ、もっと、もっと……」

ソファの背もたれに背中をもたせかけながら、両手で亮介の頭部をつかみ寄せて、もっとしてとばかりに濡れ溝を擦りつけてくる。

濡れた陰部で口許をふさがれながら、亮介は陰核を舌で弾きつづける。時々、頬張ってチューッと吸い込む。するとそれがいいのか、「ぁあああ！」と紗江子はひときわ激しく喘いで、顔をのけぞらせた。

ついには、びくっ、ひくっと鼠蹊部を震わせて、

「ぁああ、ねえ、欲しくなった。青木くんのあれが欲しくなった」

そうねだってくる紗江子の目は、さっきまでとは違って、とろんとして潤み、バスローブからのぞく胸元の肌も朱に染まっている。

亮介が顔をあげると、紗江子は亮介のズボンに手をかけて、ブリーフとともに一気に引きおろした。

亮介をソファに座らせ、その前にしゃがんだ。

臍に向かっていきりたっている肉の塔を見て、ふっと微笑んだ。

白いバスローブの胸元がはだけて、たわわな乳房が半分ほど見えてしまっている。その乳輪が見え隠れするチラリズムがたまらなかった。

両膝をついた紗江子はウエーブヘアをかきあげながら、そそりたっているものの匂いを嗅いで、

「やっぱり、ココナッツミルクだわ。わたし、ココナッツミルク、大好きなの。カレーには絶対に入れるのよ。しかも、いっぱい……ぁああ、いい香り……かきたてられる。あそこが疼いてくる……」

バスローブの前をかきわけるようにして自分の下腹部に手を忍ばせて、

「ぁあああ、欲しがってる。わたしのオマ×コ、きみを欲しがってる」

妖艶に見あげて、屹立を舐めてきた。

臍に向かっているものの裏側をツーッ、ツーッと舌でなぞりあげ、亀頭冠の真裏にちろちろと舌を走らせる。そうしながら、下腹部に入れた指で自らそこをいじっている。

「ほら、もうこんなに……」

指を突きだして、亮介に見せる。細くて長い中指が淫蜜でぬらぬらと光っていた。

「舐めて」

言われるままに中指を頬張る。酸味のある甘酸っぱい味がする。これが、紗江子の蜜の味なのだ。

紗江子はその指を今度は自分で舐め、そのまま、勃起を握りしめた。

濡れた指でぎゅっ、ぎゅっと肉棹をしごきながら、亀頭部を舐めてきた。割れ目に舌を走らせ、さらには、カリに沿ってぐるっと一周させる。

出っ張りを下から撥ねあげながら、根元を握りしごいてくる。

「あっ、くっ……ぁあああうぅぅ」

あまりの気持ち良さに、声が出た。

すると、紗江子はうれしそうに微笑み、上から頰張ってきた。

手を離して、一気に根元まで咥え込み、ぐふっ、ぐふっと噎せた。それでも、吐き出すことはせずに、もっとできるわよとばかりにさらに奥まで招き入れた。唇が陰毛に接している。

(ああ、気持ちいい!)

分身がすっぽりと温かく湿った口腔に包まれて、それが何とも言えない安堵感と快感を生む。

奈緒にされたときも気持ち良かった。

(こんな素晴らしいものが、世の中にはあるんだな……)

柔らかな唇がゆっくりと引きあげられていき、今度は亀頭冠を中心に小刻みに往復する。いつの間にか右手がまた根元を握って、口と同じリズムでしごいてくる。

「あああ、くうぅ……出ちゃう。出ちゃいます！」

思わず訴えていた。昨夜はこのまま奈緒の口に出してしまった。今回は耐えたい。

そして、あそこに入れたい。

ぎりぎりのところで、紗江子がちゅぽんっと肉棹を吐き出した。

それから、亮介をソファに仰向けに寝かせ、下半身をまたぐ形でソファにあがった。大きな三人用のソファだから、男の下半身の脇に足を置くスペースは充分にある。またがって、紗江子は紐を解き、バスローブを肩から後ろに落とした。

息を呑むほどに充実した裸身だった。

色白のきめ細かい肌が上気して、ところどころピンクに染まっている。何と言っても乳房が豊かだ。お椀形のふくらみは青い血管が透けでるほどに張りつめて、釉薬（ゆうやく）をたっぷりかけた陶器のように神々しい光沢を放っていた。

下から見ているせいか、下側のふくらみは充実しきっていて、セピア色の乳首がツンとせりだしている。

そして、大きく蹲踞（そんきょ）の姿勢でひろがった太腿の奥には、濃い繊毛が逆三角形にびっしりと生えていた。

紗江子がいきりたちを握って、先端を濡れ溝に擦りつけながら、見おろしてきた。

「きみのココナッツミルクを嗅いでから、こうしたかったのよ。あそこがキュンと疼いたの。青木くんは童貞だったわね？」

「はい……」

「いろいろと教えてあげるね。男にしてあげる。わたし、何も知らない男の子にセックスを教え込むのが夢だったのよ。きみはぴったりだった……だから、いいのよ。わたしの前では緊張しなくて……任せてちょうだい。できる？」

「あ、はい……」

紗江子がかまってくれる理由が何となく納得できた。

だがそれ以上に、初めて女体を体験する不安と期待感で胸がいっぱいだった。

「男にしてあげる……ああ、いやらしい音がする。紗江子のオマ×コ、ぐちゃぐちゃ……」

紗江子はのけぞって腰を振り、それから、屹立をつかんだまま腰を落とした。

入口のあたりのとても窮屈なところを切っ先が押し広げていく感触があって、あとは一気にぬかるみのなかに潜り込んでいった。

「ぁあああっ！」

と声をあげたのは、亮介のほうだった。

想像していた以上に温かい。途中を突破していくときはとても窮屈に感じたのに、入ってしまうと、狭さは感じず、熱く滾った潤みが波打つようにして、ひたひたと肉棹にからみついてくる。

(ああ、すごい！　これがオマ×コか……！)

初めて味わう膣はとろとろで、おチンチンも一緒に蕩けていくようだ。

「どう？　初めて女性のなかに入った気分は？」

紗江子が上から潤みがかかった瞳を向ける。セミロングの髪が枝垂れ落ちて、少し上気した顔がとても色っぽかった。

「吸いついてきます。ぐにぐに動いてる……ぁああ、動かないで！　くぅぅぅ！」

途中で腰を振られて、亮介は奥歯を食いしばる。

「ふふっ……初めてなんだから、我慢しなくていいのよ。好きなときに出して……それがいちばん気持ちいいんだから」

「ああ、はい……ぁあうぅ、待って！」

たちまち追い込まれて、亮介は紗江子の腰をつかんで動きを止めさせた。いつ出してもいいと言ってくれたが、さすがにこれでは早すぎる。

「わかったわ。じゃあ、腰はつかわない。オッパイ欲しい？」

「はい……欲しいです」

紗江子が上体を屈めたので、乳房が近づいてきた。

「いいのよ、吸って」

亮介はその胸に潜り込むようにして、大きなふくらみに顔を埋めこむ。柔らかな肉の層が顔にまとわりついてきた。位置関係のせいか、勃起が膣から外れかけている。それでも、入口がきっちりとホールドしてくれている。

「乳首を……舐めてちょうだい。わたしは乳首がすごく敏感なのよ。多くの女性がそうだと思う。舐めて、乳首を……」

紗江子は想像以上にやさしかった。気をつかってくれるし、いろいろと教えてくれる。童貞を捧げるのには最高の女性に出逢ったのかもしれない。

あんむとばかりに、乳房の先にしゃぶりついた。

「あんっ……」

紗江子がびくっとした。あそこもくいっと勃起を締めつけてくる。

亮介は乳首を乳輪ごと頬張って、あむあむと唇を押しつけて吸った。

もちろん、母乳は出ない。しかし、柔らかな乳首が明らかに硬くしこってきて、それが口腔に吸い込まれる。

吐き出して、唾液でぬめる突起を闇雲に舐めた。

ちろちろっと舌を横揺れさせると、舌が突出した乳首を刺激するのがわかる。今度は上下に舐める。AVで見て、だいたいのやり方は学習しているものの、実際にするのは初めてだから、これでいいのかどうかはわからない。

不安を抱えながらも、いっそう尖ってきた乳首をひたすら舐めていると、

「んんんっ……んんんっ……ぁあああ、あうぅぅ」

紗江子がくぐもった声を洩らした。

同時に、腰が焦れったそうに前後に振れる。

「気持ちいいわ……上手よ。腰が動いちゃう……ぁあああ、ぁあああああ」

上になった紗江子が腰をくいっ、くいっと前後に打ち振ったので、勃起が肉の壺をうがって、ぐっと快感が増す。

「今度は反対……乳首は両方一緒に攻めたほうが、感じるのよ。なかには右は感じるけど、左はそうでもないって人もいる。そのへんをよく見極めて。わたしは、両方感じるけど、同時にされるとすごく感じるの」

それならと、亮介は向かって左側の乳首に吸いつきながら、右側の乳首を指でつま

んでみた。

「ああ、それ……舐めながら、指で転がしてみて……ああ、そうよ。そう……ぁああああ、いい！」

言われたとおりにすると、紗江子がますます感じてきて、がくん、がくんと震えながら、上体をのけぞらせる。

昂奮してきた。女性が感じてくれると、男も自信のようなものが湧いてきて、どんどん積極的になれるみたいだ。

亮介はどうにかして突きあげられないものか、と試してみた。すぐに、膝を曲げれば踏ん張れて、強く突けることがわかった。

顔を胸から出し、膝を曲げて腰をせりあげる。

すると、勃起が斜め上方に向かって、蕩けた膣をうがっていき、ソファがぎしぎし軋んで、紗江子がどうしてこんなことができるの？　という顔で上から見つめてきた。

波打つ髪が顔の両側を隠し、亮介に向けられた瞳はますます潤んで、色白の顔がぼうと染まっていた。

「すごいじゃないの。これでいいのよ。このまま……」

紗江子に言われて自信が持てた。つづけざまに突きあげると、紗江子は亮介の上で

弾んで、

「あん、あんっ、あんっ……すごい、すごい……」

亮介にぎゅっとしがみついてくる。

（ああ、初セックスで女の人を感じさせているんだ。すごいぞ……このまま、このまま……）

歯を食いしばって、たてつづけに打ちつけた。

「あん、あん、あんっ……」

と、紗江子が甲高く喘いで、顔だけをのけぞらせる。

（いいぞ。いいぞ……もう少しで……！）

亮介がいっそう強く突きあげようとしたとき、いきなりそれはやってきた。

（ああ、これって、射精の……ダメだ。もう少しなのに……）

ストロークをやめればいいのだ。しかし、腰は止まらない。

「あああ……！」

吼えながら放っていた。

ツーンとした放出感が下腹部から頭にかけて昇っていく。全身が爆発している。

男液が迸っていく快感で、腰をせりあげたまま、亮介は唸る。

「あぁあ、温かい……」

紗江子はそう言いながら、放出を受け止めている。

目が眩むような射精を終えると、紗江子は腰をあげて、結合を解いた。

ソファから降りて、センターテーブルに載っていたティッシュボックスからティッシュを取り出して、それを股間に当てて、白濁液を絞りだしている。

それから、ちらりと亮介の下半身に目をやり、壁にかけてある時計を見て時間を確かめ、

「娘のまどかを迎えにいかなきゃいけないんだけど、あと三十分は大丈夫ね……若いってすごいわね。きみのおチンチン、出したのにまだ硬くなってる……」

艶めかしく亮介を見て、下腹部に顔を埋めようとする。

「う、うれしいですけど……そろそろ帰らないと」

「大丈夫よ。あの店長なら……」

「どういうことですか？」

「やさしいってことよ。違う？」

「た、確かに、やさしいです」

「……やっぱり、店長に気があるのね。でも、こんなことはしてくれないでしょ？」

黒髪をかきあげて、紗江子が肉茎を舐めてきた。

（いや……じつはフェラをしてもらっているんですが）

そう言いたかったが、これは絶対に口外してはいけないことだ。

紗江子はウエーブヘアをかきあげながら、ツーッと根元から舌を這わせて、

「精液の匂いがする。いい感じよ。ココナッツミルクと混ざり合って、ますますいやらしくなった。ああ、たまらないわ」

ソファにあがって四つん這いになり、肉棹を舐めあげてくる。

すごい光景だった。

ヒップが高々と持ちあがっている。しかも、豊かな左右の尻たぶには赤いレース刺しゅうのオープンパンティが張りついているのだ。

出したばかりなのに、分身がますます硬くなってくる。

「美味しいわよ……」

紗江子はいきりたちの裏側や側面、さらに、前のほうまで丹念に舐めてくれる。白濁液と愛蜜が拭いさられていく。

上から頬張ってきた。ゆったりと顔を打ち振って、すぼめた唇を上下にすべらせる。

柔らかな唇でしごかれ、なめらかな舌で裏側をなぞりあげられると、また、入れた

くなった。

「もう大丈夫ね。座って」

言われたままにソファに腰をおろすと、紗江子がソファにあがって、下半身にまたがってきた。ぬるぬると恥肉を切っ先に擦りつけてくる。

もう少しで二度目の挿入というそのとき、センターテーブルに置かれていた紗江子のスマホが呼び出し音を立てた。

紗江子はそれをやりすごそうとしていたが、一度止んだ呼び出し音がまた鳴って、

「誰よ、しつこい」

ソファから降りて、スマホを取った。

「ええ、まだいますけど……ことわったはずでしょ？　インテリアを替えるから力を借りるって……」

紗江子がスマホに向かって憤っている。おそらく、電話をかけてきたのは、店長の内田奈緒だ。あまりに帰りが遅いから、心配になったのだろう。

奈緒が自分のことを考えてくれていることがうれしかった。

「そう……わかったわ。帰します」

紗江子がスマホを切って、忌ま忌ましそうに言った。

「きみの好きな店長から。注文が立て込んでいて、配達員がいないから、早く帰してくださいって……いいわよ、帰りなさい」

「す、すみません」

必要がないのに謝って、亮介は急いで服を着る。

玄関で靴を履いていると、紗江子が訊いてきた。

「明日のバイトの時間は？」

「……明日は……正午から七時までですけど」

「じゃあ、バイトが終わってから家に来てくださらない？」

「えっ……？」

「大丈夫よ。主人は海外勤務だから」

「でも、お子さんが……？」

「平気。結子さんのところに預かってもらうから」

結子と言うのは、この前、ここで逢ったママ友のひとりのことだ。

「彼女、わたしのお願いは、何だって聞いてくれるのよ。だから、大丈夫」

「……でも、たぶんバイトの後で疲れているだろうし……」

「あらっ、そんなこと言えるの？　きみの筆おろしをしてあげたのよ。男にしてあげたのよ」

「……それは感謝しています」

「だったら、態度で示して……それに、二人がここで何をしたか、店長にすべてを話していいのよ。いいのね？」

「いえ、それは困ります」

「だったら、来なさい。待ってるから……わかったわよね？」

有無を言わせぬ口調に気圧(けお)されて、亮介はうなずいて、玄関を出た。

3

翌日、ピザ屋でのアルバイトを終えた亮介は、迷った末に紗江子宅に徒歩で向かっていた。

何か心に引っ掛かっているものがあって、心底悦べない。きっと、店長のことだ。

昨日、店長は心配して自分を呼び戻してくれた。

あれは亮介に救いの手を差し伸べてくれたのだ。

(だから、断るべきだ。しかし……)

あのぐにぐにとうごめく膣の感触が忘れられなかった。

紗江子には。二十歳までに童貞を捨てるという願望を叶えてもらったのだ。

それに、性格は時々きついが、基本的にはやさしい。とてもエッチだし、感受性が豊かだし、性の手ほどきをしてもらうには最高の女性だった。

(店長、ゴメン……とても断れない)

店から二十分ほど歩いて、ようやく市村宅に到着した。キャノピーだとすぐなのに、徒歩だと思ったより時間がかかる。

閑静な住宅地にあって、庭も広い。一階だけに明かりがついていて、カーテンの隙間から洩れていた。エントランスを歩いていって、玄関のインターホンを押した。すぐに、「開いているから、入って」という紗江子の声がした。

紗江子は昨日とは違って、カーディガンにスカートという普通の格好をしていた。

「遅かったじゃないの」

「すみません。歩くと、けっこうかかって」

「ずっと働いていて、汗をかいてるでしょ？　シャワーを浴びてちょうだい」

「……あの、お子さんは？」

「結子さんに預かってもらっているわ。昨日、言わなかったかしら？　さあ、来てちょうだい」

言われるままに洗面所で服を脱いでいると、紗江子も隣でカーディガンを脱ぎ、スカートをおろす。

「わたしも一緒に入りたいの。背中を流してあげる」

紗江子はそう言って、シルバーの高級そうなブラジャーを外し、パンティを足先から抜き取っていく。

むちむちした色白の肉体を見て、亮介のイチモツはたちまち硬くなり、紗江子はちらっとそこに視線をやって微笑み、

「入って」

と、亮介をバスルームに押し込む。ドアを閉めて、

「ふふっ、いい身体してるじゃないの？　スポーツは何かやってたの？」

シャワーの水温を調節しながら、訊いてくる。

「はい……一応、サッカーを。補欠でしたけど……」

「そう……それで下半身がごついのね。洗う前に、ここの匂いを嗅がせて」

紗江子はシャワーヘッドをフックにかけて、亮介の前にしゃがんだ。

いきりたつものに顔を寄せて、くんくんし、

「匂いが濃いわね。ずっと働いていたから、こもって強くなったのね。ふふっ、かすかにオシッコの匂いもするわよ」

悪戯っぽく見あげて言うと、いきりたつものを下からツーッと舐めあげてきた。

「あっ、くっ……！」

「ああ、美味しい……一段と味が濃くなってる。ちょっとだけ試食させてね」

そう言って、上から頬張ってきた。

一気に奥まで咥え込んで、チューッと吸った。頬がぺこっと凹んでいる。それだけ強く吸ってくれているのだ。

「あああ……」

亮介は魂までもが吸い出されていくような快感に、思わず天井を仰いでいた。

ぐちゅ、ぐちゅと唾音を立てて、おしゃぶりされると、たちまち射精しそうになった。紗江子はそれをわかっているようにちゅぱっと吐き出して、

「さあ、シャワーを浴びましょう。背中を流してあげるから、ここに座って」

と、洗い椅子を指す。

プラスチックの椅子に腰をかけると、シャワーが降ってきた。

温かいお湯のしぶきが肩にかかり、それが下腹部にも伝っていく。

「おチンチンはよく洗わないとね……匂いが落ちてしまうのが心配だけど、石鹸は使うわよ。その前に……」

紗江子は自分にシャワーをかけた。

それから、石鹸を泡立てて、肌に塗りはじめた。お椀を伏せたようなたわわな乳房に石鹸をなすりつけ、ふたたび泡立てた石鹸を亮介の下腹部に塗りつけてくる。

石鹸でぬらつく手のひらで肉棹を握ってしごかれると、分身がますます硬くなった。そこをちゅるちゅると摩擦される。

しかも、亮介の背中にはとても柔らかくてたわわで、ぬるっとした胸のふくらみが押しつけられているのだ。

「どう？」

「気持ちいいです……ぁああ、くっ……！」

「ぁああ、すごいわね。どんどん大きくなってくる。カチカチよ……」

後ろから喘ぐような息づかいで囁かれ、オッパイを擦りつけられ、勃起を握りしごかれると、何が何だかわからないほどに昂奮してきた。

「しゃぶってあげようか？」

紗江子が耳元で言う。うなずくと、

「いいわよ。そこに座って」

指示されたようにバスタブの縁に腰をおろすと、紗江子は屹立を白くさせている石鹸をシャワーで洗い流した。

陰毛の林を突いて、ぬらぬらした肉の柱が鋭角にいきりたっている。亀頭部が茜色にてかっている。

「すごいわね。てかりが尋常じゃないわ」

紗江子は前にしゃがみ、そそりたつものを握って角度を調節し、下から亀頭冠の真裏をちろちろと舐めてくる。敏感な箇所を刺激されて、亮介は「うっ」と唸る。

「今、ビクンって……元気なおチンチン、大好き」

紗江子が見あげて言い、それから、顔をまわすようにして、雁首をぐるっと舐めてくる。

「あ、くっ……」

「カリが張ってる。これが女には気持ちいいのよ……なかをめくりあげてくるから。あああ、欲しくなっちゃう」

髪をかきあげて言って、紗江子が頬張ってきた。

ゆっくりと奥まで唇をすべらせて、そこから引きあげていく。間髪を置かずに、また奥まで唇をすべらせる。

途中で動きを止めて、なかで舌をからませてくる。ぐちゅぐちゅといやらしい唾音がして、勃起がなめらかな舌で舐めまわされる。

気持ち良かった。気持ち良すぎた。

すると、紗江子は見あげて微笑み、ふたたび唇を往復させる。

甘やかな快感がふくれあがって、ジンとした痺れが混ざってきた。

「んっ、んっ、んっ……」

根元を握ってしごかれ、先端のほうを激しく唇でストロークされると、もう我慢できなくなった。

「ぁああ、ダメです……出ちゃう」

訴えると、紗江子は顔をあげて、いきりたつものを握ったまま、バスタブの縁をつかんだ。

ぐいと尻を後ろに突きだし、後ろ手に握っていた屹立を尻の奥に擦りつけ、

「ちょうだい。ねえ、早く……」

腰をくねらせてせがんでくる。

切っ先が狭間（はざま）を擦るたびに、ぬるっ、ぬるっとすべった。

「濡れているでしょ？　おチンチンをおしゃぶりしているだけで、濡れてくるのよ……欲しいの。ちょうだい……早くぅ」

心の底にあった躊躇いが見事に消えていく。もうこうなったら、やるしかない。この濡れぬれマ×コを突き刺してやるのだ。

挿入しようと腰を突きだしてみたが、どういうわけか何かに阻まれる。

「そこは、お尻の孔よ。アナルセックスするつもり？　もう少し、下……」

紗江子がまた屹立をつかんで、導いた。

「そう、そこよ……いいわ、来て……」

ぐいと下腹部をせりだしたとき、切っ先が柔らかな粘膜のようなものを押し広げていくのがわかった。浅いところの窮屈な箇所をこじ開けた勃起が、ぬるぬるっと嵌まり込んでいき、

「あああ、いい！」

紗江子が両手でバスタブの縁をつかんで、顔を振りあげた。黒髪がばさっと踊って、すべすべの背中がしなった。

「ああ、くっ……！」

と、亮介も唸っていた。

すごい締めつけだった。昨日したときは、むしろ、からみついてくる感じだったが、今はきつきつだ。

もっと強く打ち込みたくなって、くびれた腰をつかみ寄せる。

後ろにのけぞるようにして、屹立を叩き込む。いきりたった肉の柱がずりゅっ、ずりゅっと窮屈な肉路を擦りあげていき、

「あっ……あっ……あっ」

と、紗江子はのけぞりながらさしせまった声を洩らし、

「ああ、気持ちいい……バックだと奥にぶつかるのよ。きみのおチンチンが子宮にぶつかってくる……奥が好きなの。でも、奥がつらいという女の人もいるから、よく見極めるのよ。浅いところのGスポットを擦られるほうがいいという人もいるわ。深く入れずに、途中まで入れて素早くストロークしてみて」

セックスのノウハウを教えてくれる。

(……こんな感じかな?)

亮介は尻をつかみ寄せながら、すこすこという感じで、浅瀬をつづけざまに突いた。

すると、屹立がすごい速さで出入りして、

「そうよ、そう……いいわ。それもいい……Gスポットを擦ってくる。ぁああ、いや、

オシッコがしたくなる……ぁあああ、いい……」

紗江子が内股になって、がくっ、がくんと膝を落としかける。

奥まで打ち込むと、摩擦が大きすぎてすぐに射精してしまいそうになる。しかし、これなら頑張れそうだ。

腰をつかみ寄せて、犬が腰を振るように短いストロークで抜き差ししていると、紗江子の様子がさしせまってきた。

「ぁあああ、へんよ、へん……出るわ。出そう……吹いちゃう！」

「えっ……？」

「わたし、潮吹きなの。潮を吹くの……ぁあああ、そのまままつづけて……そうよ、そう……出る……出る……ああ、抜いて！」

言われるままに結合を外した瞬間、シャ、シャーッと透明な潮が噴き出した。

もちろん潮吹きなど初めて見る。呆気にとられている間にも、出口を絞ったホースからあふれでる水みたいに、潮がよじれながら吹きだし、やがて、やんだ。

紗江子は精根尽き果てたようにがっくりとその場にしゃがみ込み、

「ねえ、リビングに連れていって……」

亮介をとろんとした目で見あげてくる。

リビングに紗江子を連れていき、ソファに寝かせると、

「来て……」

紗江子は両手を突きだして、求めてくる。

亮介の脳裏には、さっきの潮吹きのシーンが焼きついている。正直、戸惑いもした。

だが、昂奮のほうが大きかった。ビデオで見ていることが現実になったのだから。

紗江子が片足をソファの背もたれにかけたので、足が開いて、繁みの底が花開いていた。

「いいのよ、来て」

亮介はソファにあがって、いきりたつものを翳りの底に押し当てた。

正面からするのは初めてで、どこが膣口なのかわからない。戸惑っていると、紗江子が屹立をつかんで、太腿の奥に導いた。思ったより、かなり下のほうだった。

「ここよ。覚えておいて……いいのよ。焦らずにね……そう、そうよ。そう……ぁあ ああ、入ってきた。そのまま、ぐっと……」

亮介は前に体重をかけながら、腰を押し進めた。

ぬるぬるっと切っ先が嵌まり込んでいき、

「ああああ……！」

紗江子がのけぞりながら、ソファの座面の横をつかんだ。

「おお、うくっ……！」

亮介も挿入したまま、動きを止めた。

さっき後ろから入れたときとは違う。窮屈というよりも、ねっとりした粘膜がひたひたとからみつきながら、締めつけてくる感じだ。

何もしなくても、なかがうごめいて、屹立にまとわりついてくる。

（これが、ミミズ千匹ってやつなんたな）

じっとしていると、焦れたのか、紗江子が自ら動きはじめた。両手を伸ばして、亮介の腰をつかみ寄せ、ぐいぐいと下腹部をせりあげてくる。

ぐにぐにとミミズ千匹がまとわりついてきて、「くっ」と亮介は奥歯を食いしばる。

一瞬にして、射精しそうになったのだ。

やさしくて包容力もあって、ママ友のボス的存在が、こんないやらしいオマ×コを持っている。

女の人はすごい。下腹部に男を虜にする魔法の器官を飼っているのだから。

「ああ、ねえ、ねえ……」

紗江子が抽送(ちゅうそう)をうながしてくる。

亮介を見あげる目はとろんとして潤み、これが感じているときの女の魔性の目なのだと感じた。

亮介は上体を立て、持ちあがった足をつかんで、腰を激しくつかった。

ぐいっ、ぐいっと屹立が沈み込むたびに、柔らかな粘膜がからみついてきて、そこを擦るごとに甘い快感がふくらんでくる。

「ああ、いい……奥に、奥に当たってる」

紗江子は自ら足をひろげて、屹立を体内深くに招き入れ、両手を頭上にあげて、肘掛けを後ろ手につかんでいる。

打ち込むたびに、ぶるんぶるるんと乳房が縦に揺れて、

「あんっ、あんっ、あんっ……」

紗江子は顎をせりあげ、のけぞって快楽をあらわにする。

(おおぅ、たまらない!)

ひたすら打ち込んでいると、

「ああ、来て……」

紗江子が両手を伸ばして、求めてくる。きっと抱きしめてほしいのだろうと、覆い

かぶさっていく。

ソファの上の紗江子を抱き寄せ、足を伸ばして、つづけざまに腰をつかった。

ねっとりとしたものが屹立にまったりとからみつきながら締めつけてきて、一気に追いつめられる。

「あん、あん、あんっ……ああ、キスが欲しい」

紗江子がぼうとした目でせがんできた。

キスはまともにしたことがないので、やり方がわからない。ただただ唇を重ねていると、紗江子が舌を出して、口のなかに入れてきた。

ぬるぬるとした肉片を感じ、それを舐めながら、ぐいぐいと打ち込んでいく。

ソファが軋み、紗江子はしがみつきながら、唇を合わせ、舌をからめてくる。

ふいに放ちそうになって、顔をあげた。

「ああ、すみません。出そうです」

「ああ、もう少し頑張って……イキそうなの。わたしもイキそうなの……いいのよ。このまま、つづけて……そう、そうよ……速く！　そうよ、そう……ぁあああ、イッちゃう」

紗江子がぎゅっとしがみついてきたので、亮介は最後の力を振り絞った。

腕立て伏せの形でつづけざまに打ち込むと、切っ先が深いところに届くのがわかった。奥のほうの扁桃腺みたいなふくらみがかみついてきて、それを突くと、ぐっと快感が高まった。

「ああ、出ます！」

「あああ、わたしもイク……頑張って。そうよ、そう……ぁあああ、ぁああああ……イク、イク、イッちゃう！」

「うおおっ！」

吼えながら打ち込んだとき、快感の風船がふくらみ切って、パチンと割れた。

同時に、熱い男液が迸っていく。

「やぁああああああ……！」

紗江子がのけぞりながら、下腹部をせりあげてくる。

亮介もしぶかせている。

頭の芯がぐずぐずになったみたいだ。そして、男液を体内に浴びながら、紗江子もがくん、がくんと震えている。

打ち終えたときはすべてのエネルギーを使い果たしたようで、紗江子に覆いかぶさった。

がっくりして、はあはあと息を弾ませていると、

「頑張ったわね。偉いわ」

頭を撫でられて、亮介は汗ばんだ柔らかな乳房にしばらく顔を埋めていた。

第三章　わたしにも頂戴

1

その日も、亮介は出勤して、ピザの配達に奔走していた。

奈緒に励まされて、やる気になったせいか、少しずつだが慣れてきて、前ほど道に迷わなくなった。

それでも最近はほぼ毎日働いているので、少しずつ疲れが溜まってきて、休みたくなる。

国公立の大学に受からなくて、お金のかかる私立に進学した自分がいけないのだ。この春休み、数少ない大学の男友だちは故郷に帰ったり、ガールフレンドとデートしたりしている。スマホでかわいい女の子とのツーショット写真を送りつけてきて、

『亮介も早くガールフレンド作れよ』とメールしてくる奴もいる。

そんなとき、「ガールフレンドはいないけど、俺は女を知ったんだぞ。童貞を捨てたんだ。しかも、相手は人妻だからな」と自慢したくなるところを、ぐっとこらえる。

配達先の奥様に童貞を捧げたなんて、たとえ友だちでも絶対に明かしてはいけないことだった。

そりゃあ、ガールフレンドは欲しい。デートもしたい。

だが、同年代の女の子からはまったくお呼びがかからないのだから、どうしようもない。

しばらくガールフレンドは我慢して、このアルバイトに集中しよう。店長だって紗江子さんだっている。周りにはかわいい女の子のパートやアルバイトがいる。

それに……昨日はすごい場面に出くわした。

常連である山崎絵美（やまざきえみ）のマンションにピザを届けに行ったとき、彼女が下着姿で出てきたのだ。黒いショートスリップだけを着ていて、髪はボサボサ。間違いなくノーブラだろう胸の突起が黒いすべすべのスリップから浮きでていた。

じつは、絵美は水商売、つまり、キャバクラのホステスをしている二十七歳で、ランチによくピザを頼む。きっと、夜遅くまで働き、起きるのは昼前で、とても自分で食事を作る気力など湧かないのだろう。

バイト仲間からは「あの女、よく下着で出てくるからさ。しかも、エロいんだよ」と聞かされたことがある。

とうとうその場面に出くわしたのだ。

絵美は寝起きなのだろう、いまだ眠そうな目でスリップの胸元から真っ白な乳房をちらつかせて勘定を払い、

「きみ、最近よくうちに来るね」

ハスキーな声で言った。ノーメイクだが、くりくりっとした目と小さめの唇。ツンとした鼻先の小生意気な感じがとてもキュートで、オッパイも大きいから、きっと店では売り上げが多いに違いない。

「ひと月前にこのバイトを始めたんで……」

「大学生？」

「はい……今度、二年です」

「そう……うちの店に来なよ。学生割引で安くなるからさ」

「ああ、はい……でも、俺まだ十九ですし……四月十五日には二十歳になりますけど」

「じゃあ、二十歳の記念にうちに来なよ。お店でバースディを祝ってあげる。ねっ？」

「あ、はい……まあ、お金があったら」

「だから、安くしてあげるって言ってるじゃない。それに……ほら、これを……好きなだけ触っていいよ」

絵美が亮介の手をつかんで、胸のふくらみに押しつけた。

すべすべの黒いスリップを通して、間違いなくノーブラの柔らかくたわわな乳房を感じて、亮介はあわてて手を引く。

「ふふっ、かわいい！　赤くなっちゃって……もしかして童貞？」

「いえ、違います」

「ほんと？」

「はい……この前……あっ、いえ……帰ります」

亮介は急いで、玄関を飛びだしたのだった。

(今度、絵美さんから店の名前を聞いてみようか……)

柔らかなオッパイの感触が忘れられずに、そんなことも思ってしまう。

配達から戻って、店に入ると、控室から誰かを責めたてるような男の声が聞こえてきた。

うんっ？　と思って控室の窓からなかを見ると、スーツを着て、銀縁メガネをかけたいかにも神経質そうな男が、正面のソファに座った店長に向かって声を荒らげていた。

男は横倉勝久。『ピザL』の本部の社員で、この地区を担当している課長だ。とにかくいやな男で、たまに視察に来ては、細かいところでぐちぐちと文句を言うくせに、いっこうに建設的な意見を述べることはしない。つまり、最低の男だ。

今も、奈緒がおとなしく、はいはいと聞いているのをいいことに、

「きみが店長になってから、店の売り上げはさがるばっかりなんだよ。このままじゃ、私の評価もさがる。うちには店長候補なんて掃いて捨てるほどいるんだ。このまま右肩さがりがつづくようなら、店長を替えるからな」

「申し訳ありません……もう少し、待ってください。お願いします」

「……待ってやってもいいが、売り上げを伸ばすためには二人でもう少し作戦を練らないとな……どうだ、今夜、二人で……」

弱みに乗じて、横倉が提案した。

（あの野郎、結局は奈緒さんとデートを愉しみたいだけじゃないか！）

むかついた。明らかなパワハラだ。

乗り込んでやろうかとも思ったが、もちろんそんなことをしても、店長のためにはまったくならない。こらえていると、

「今夜は主人が定時で帰ってきますので……」

「ふん……じゃあ、いつならいいんだ？」

「それは、主人の予定が決まらないと……」

「じゃあ、決まり次第、教えてくれ。誤解しないでくれよ。これは、この店を良くするための会議だからな」

言われて、奈緒が悔しそうにぎゅっと唇を噛むのが見えた。

すぐに、横倉と奈緒が部屋から出てきた。

横倉はパートやアルバイトにもぞんざいな態度で接して、奈緒が送りに出ると、ふんぞりかえって何か言い、店の駐車場に停めてあった軽自動車に乗って、すごいスピードで前の道路を走り去っていく。

店内に戻ってきた奈緒が明らかに落ち込んでいるのを見て、亮介はたまらなくなった。

控室に向かう通路で奈緒を呼び止めて、

「大丈夫ですか？　すみません、さっき二人の話を立ち聞きしちゃって……ひどいですよ、あいつ……俺、悔しくて……」

「しょうがないのよ。売り上げがあがってないことは事実なんだから」

「だって、それは本部の方針が悪いからでしょ？　チェーン店なんだから、結局、本部の言う通りにしかできないわけだし……」

「……そうね。でも、他の店と較べても成績が悪いのは、きっとわたしの管理能力がないからだと思う」

「そんなことないですよ！　みんな一生懸命働いてますよ。みんな店長のこと好きだし、どうにかしたいって……」

「ありがたいと思う。それはもう……」

「だいたい、横倉のやつ、露骨に店長を誘って……あれ、ただ店長とデートしたいだけですよ。セクハラで訴えてやりましょうよ」

亮介が意気込んで言うと、

「ありがとう。その気持ちだけで勇気が出てくる……ありがとう」

奈緒はちらりと周囲を見て、人目がないことを確かめると、亮介をハグして、チュッと額にキスをした。それから、何事もなかったように調理場に向かう。

（ああ、柔らかな唇だった……！）

亮介は陶然として通路に立ち尽くしていた。

しばらくして、亮介は出来立てのピザをキャノピーの後ろに載せて、街中を疾走していた。

届ける先は吉岡結子宅だ。この前、紗江子の家のママ友会で逢った小柄だが、とてもキュートな若い奥様だ。

小柄なわりには大きすぎるオッパイを押しつけて、『今度、ピザを頼んであげるね』と言っていたから、それを実行に移してくれたのだろう。

今、店は売り上げが伸びず、ピンチのようだから、結子がオーダーしてくれたことはうれしい。こうなったら、少しでも店の売り上げに貢献して、店長の立場を良くしたい。

一回迷いかけたが、そこで冷静になって正しい道を選択できた。

（ああ、俺、確実に成長してるな）

吉岡宅が見えてきて、前でキャノピーを停める。

敷地も建物もこぢんまりしていて、市村宅の半分ほどしかない。きっとこういう家の大きさや庭の広さも、ママ友のランク付けに影響してくるのだろう。

短いアプローチを歩き、インターホンを押すと、すぐに結子が出てきて、招き入れられた。

結子は膝上二十センチくらいのミニスカートを穿き、タイトフィットのニットを着ていた。この前も思ったことだが、小柄で手足は細いのに、胸だけはやたらデカい。それに、ミディアムボブの髪の顔はこぢんまりとしてととのっているが、顔立ちが良く、目がきらきらしていて、とても元気で溌剌とした印象を受ける。

「よかった。青木さんが来てくれたのね。できればきみを、って頼んでおいたから」

「そうですか……ありがとうございます」

店長のために顧客を増やしたいから、亮介もにこにこして答える。

ピザを渡し、お金を貰っていると、ドタドタとかわいい足音がして、幼稚園児くらいの小さな女の子が廊下を走ってきた。お母さんの後ろにぴったりとくっついて、亮介を物珍しそうに見る。

「娘ののどか。幼稚園に通っているんですよ……のどか、ご挨拶は?」

「こんにちは。吉岡のどかです」

のどかがはきはきと言う。

「……ピザの配達員の青木亮介です。よろしくね」

亮介も答える。

「のどか、ご挨拶ちゃんとできたわね。偉いわよ。ママ、このお兄さんともう少しお話があるから、テレビを見て待っていてもらえる？」

「ハーイ」

のどかがまたバタバタと走り去っていく。

「かわいい子ですね」

「そう？」

「ええ……」

「わたしも？」

「はい、もちろん。のどかちゃん、ママに似たんですね」

言うと、結子ははにかんだ。廊下の上がり框のところに膝を突いて座り、

「もう少しこっちに」

亮介を呼ぶ。

亮介が近寄っていくと、いきなり、結子が腰を引き寄せて、

「青木さんのここ、ココナッツミルクの甘い香りがするんですってね……紗江子さん

がそうおっしゃっていたわ」

見あげて言う。

亮介は啞然として言葉が出ない。

(市村紗江子が俺の筆おろしをしたことを、結子さんにも話したんだ。信じられない……女の人って、どうしてこんなにお喋りなんだろう)

びっくりしすぎて、どう対応していいのかわからない。その間にも、結子はズボンの股間に顔を寄せて、くんくんと鼻を鳴らし、

「ううん、ズボンの上ではよくわからない……ちょっと脱いでみて」

「いや、無理ですよ。それに、のどかちゃんが……」

「のどかは平気よ。今、あの子の好きなアニメをやってるから、しばらくは出てこないから」

「……しかし、ですね」

「もう、焦れったいんだから」

結子が手を伸ばして、ユニホームの黒いズボンのベルトを手際よくゆるめ、ズボンとブリーフを一気に膝まで押しさげた。

あらわれたイチモツはすごい勢いでいきりたっていた。今、匂いを嗅がれている間

に、硬くなってしまっていた。

結子の動きが止まった。びっくりしたように勃起を見つめて、固まっている。

「すごい角度……うちの主人、こんなにはならないわよ。十五歳年上だからかな」

溜め息をついて、顔を寄せ、頬擦りしてきた。

「あっ、ちょっと……」

驚きながらも、リビングのほうを見る。のどかちゃんが出てくる気配はない。

「ああん、甘い香りがする。確かに、ココナッツミルクだわ……少しだけ舐めていい？　味も確かめたいの」

亮介がどう答えるべきか迷っている間にも、結子が勃起を下から舐めあげてきた。ぐっと顔を傾けて、赤くて尖って舌を裏筋に沿って走らせる。

ツーッ、ツーッと連続して舐めあげられて、分身が躍りあがった。

「あっ、くっ……ちょっと……！」

結子は味見をするようにぺちゃぺちゃと口を鳴らして、

「確かに、かすかにココナッツミルクの味がする。ふふっ、汗のしょっぱさが効いてるわ……もう少しだけ」

そう言って、結子は上から頬張ってきた。

ぐっと根元まで咥えて、もう逃がさないわよとばかりに腰をつかんで引き寄せ、大きく顔を打ち振る。

気持ち良すぎた。小さいがふっくらした唇がまとわりつき、口腔の濡れた温かさが伝わってくる。

「ああ、ちょっと……ああ、ぁああ、くっ！」

思わず唸ると、結子がちゅるっと吐き出して見あげてきた。

「青木さん、明後日の午前中は空いてます？」

「ええと……はい、一応。午後はバイトですが」

「よかった。じゃあ、十時頃に来られます？」

「……どうしてですか？」

「ここを、このココナッツミルクをもう少し味わいたいから」

結子がつぶらな瞳で見あげてくる。その小さな手は肉柱を握って、しごいている。

「でも……俺、紗江子さんと……」

「言わなきゃわからないわ。大丈夫。そこは絶対に秘密にするから。だって、わたしだって主人にばれたら困るもの。そうでしょ？」

「ああ、はい……まあ……でも、ご主人はいいんですか？」

「主人、じつは最近、歳のせいか、あれが言うことをきかないの。だから、もう長い間、これをいただいていないのよ……」

亮介が黙っていると、結子が追い打ちをかけてきた。

「来てくれたら、これからもきみの店でいっぱいピザを頼んであげるから」

「ああ、それはぜひお願いします。今、うち苦しいみたいなんで」

「じゃあ、明後日の午前十時に来て。のどかは幼稚園でいないから、大丈夫よ」

「……そういうことなら、わかりました」

「名残惜しいけど、明後日まで我慢するね」

結子はブリーフとズボンを引きあげて、勃起をしまってくれた。

そして、亮介が玄関を出るのをじっと見守っていた。

2

二日後の午前中、亮介は徒歩で吉岡宅に向かっていた。

吉岡結子はかわいいし、彼女とセックスできそうなのはうれしい。しかし、こうやって客の奥様を抱くためにその家に向かって歩いていると、どこかおかしいのではないか、これでいいのか？　と思ってしまう。

それを、いや、いいんだ、と自分に言い聞かせる。

ほんとうは奈緒としたい。しかし、それが無理だということもわかっている。

紗江子に筆おろしをしてもらったし、今度は、そのママ友の結子に誘われている。

これはとてもラッキーなことだ。ちょっと前までは、女の身体に触れたことさえなかったのだから――。

こんなラッキーはなかなか体験できないのに、それに文句を言っていたらバチが当たる。

インターホンを押すと、結子の声がして、開いているから入って、と言う。

玄関を開けると、結子がそこに立っていた。

驚いた。

結子は夏でもないのに、ノースリーブの白いブラウスを着て、膝上三十センチくらいのタイトミニを穿いていた。しかも、ノーブラらしくてノースリーブからは乳房のふくらみや二つの突起が透けでているのだ。

「ふふっ、きみのためにこの格好にしたの。どう、似合ってる？　セクシー？」

そう言って、結子は腰を屈めて、尻を少し後ろに突きだすようなことをする。

「はい……すごくエッチです」

亮介はいささか天真爛漫すぎる行為に呆気に取られながらも、そう答える。

小柄だが、バストがやたらデカいので、S字状の身体のラインがとてもセクシーだった。

「よかった……あまり時間もないから、寝室に行きましょ。二時間後にのどかを迎えにいくんだけど、それまではわたしひとりだから」

「寝室って……いいんですか？」

「大丈夫。今は夫婦別々に寝てるから、全然問題ないの……来て」

結子のあとについて階段をあがり、廊下を歩いたところの二階の角部屋が結子の寝室だった。

部屋に入るなり、結子がハグしてきた。最初はかるいハグだったのが、徐々に力がこもり、結子はたわわなバストをぐいぐい押しつけながら、右手で股間をまさぐってくる。

奈緒や紗江子と較べると小柄だが、とにかく身体がしなやかで、抱き合っていても、柔軟な肢体がぴったりとくっついてくる。

しかも、ズボンの股間を撫でる手つきが巧妙で、やさしくなぞりあげて大きくなった肉棹を、いきなりズボン越しにつかんだりするのだ。

「キスしていい？　わたし、キスするとすごく燃えるの」

「あ、はい……」

結子は伸びあがるように唇を合わせてきた。

右手では股間をまさぐりながら、唇を重ねてくる。

亮介はまだまだキスの経験が浅い。とまどいながら唇を合わせていると、結子は左手で亮介の後頭部を引き寄せるようにして、舌を差し込んでくる。

半開きになった口腔をなめらかでよく動く舌がねろり、ねろりと這いまわる。

結子は顔の角度を変えながら、口を吸ってくる。

亮介の唇を舌でなぞりあげ、ちろちろっと横揺れさせて歯茎を刺激する。そうしながら、情感たっぷりに股間を撫でたり、握ったりする。

(ああ、この人は小悪魔だ。ちっちゃくて、かわいらしい顔をしているのに、やることは……)

結子はキスをやめて、

「ふふっ、カチンカチンになってきたわ」

突っ立っている亮介のスウェットを腕から引きあげて抜き取り、ズボンもさげる。

下着もあっという間に脱がされて、亮介はいきりたっているものを隠す。

するとそれを見て、結子はにっこりし、亮介をベッドに導き、自分もあがって、亮介を見おろしてくる。ミドルレングスのボブがととのった顔を引き立てて、亮介を見つめる目は猫のように愛らしく、蠱惑的だ。

じっと亮介を見ながら、言った。

「紗江子さんとするまでは、童貞くんだったらしいね。紗江子さんにいろいろと教えてもらった？」

「……あ、はい……」

「でも、セックスって人によって違うから、わたしも教えてあげるね。どうしたら女の人が感じるかを……その前に、かわいがってあげる」

小さな唇をふっとゆるめて、結子が胸板に顔を埋めてきた。

ちゅっ、ちゅっと胸板にキスをして、いっぱいに出した舌で「ああん」と声を洩らしながら、鎖骨を舐めてくる。

「あっ、くっ……！」

「ぞくっとした？」

「はい……」

「こうされれば、女の人だって感じるのよ。性器だけが性感帯じゃないから」

結子は鎖骨の出っ張りに沿って左右の鎖骨に舌を走らせ、そのまま顔を横にずらしながら、亮介の左腕をつかんで頭上に持ちあげる。

そして、がら空きになった左の腋に顔を埋めると、ぬるっ、ぬるっと舐めてきた。

「あっ、くっ……そこは！」

「腋の下ってすごく感じるのよ」

「でも、汚いですよ。恥ずかしいし……」

「だからいいんじゃない？　恥ずかしいことをされると、最初はいやだけど、いったん感じはじめるとすごいのよ。女の人はとくにそう……だから、恥ずかしいところをかわいがってあげて。恥ずかしいことをするっていう手もあるかな……たとえばこんなふうに」

結子は脇に顔を埋めて、スーッ、スーッと思い切り息を吸い込んで、匂いを嗅ぐ。

「あっ、汗臭いですよ」

「恥ずかしいでしょ？」

「ああ、はい……」

「女性はマゾっぽい人が多いから、こういうことをしたほうが感じるのよ。きみの腋の下も少しだけどココナッツミルクの香りがする。きっと代謝がいい箇所が匂うのね。

ああ、欲しくなるわ。この甘い香り、媚薬みたい」

そう言って、結子は腋の下をさかんに舐め、二の腕まで舌を這わせてくる。

「ああ、ちょっと……くすぐったいです」

「くすぐったいところが気持ち良くなるのよ。どう？」

腋から二の腕の内側をツーッと舐めあげられたとき、くすぐったさを超えた快感のようなものが体を走り抜けた。

「ああ……くっ」

「感じたでしょ？　ここも……」

脇腹を舐めあげられると、くすぐったさとともにビクンと体が撥ねた。

「ほらね……気持ちいいでしょ？」

「ああ、はい……あっ、ぁあああ、気持ちいいです」

亮介が声をあげてしまったのは、結子が脇腹を舐めながら、下腹部の勃起を握ってしごいてきたからだ。

うねりあがる快感に唸っていると、結子が顔をあげて、亮介にまたがってきた。

白いノースリーブの胸元はボタンが外れてはだけ、そこから丸々とした乳房がなかばのぞいてしまっている。しかも、白い布地を通して、ふくらみとともに頂上の突起がぽちっとせりだしていた。

「乳首を舐めて……最初はブラウスの上から。そうすれば、乳首が透けでて、いやらしいでしょ？」

ああ、そういうことか……すごいよ、結子さんは。すごくエッチだ。

近づいてきた胸のふくらみにしゃぶりついた。

ブラウスごと胸のふくらみをつかんで、先端の突起に舌をからませた。見る見る、唾液で白い布地が濡れていき、乳首のピンクの色や形までも透けだしてきた。

(確かにエッチだ！)

れろれろっと強めに突起を舌で弾くと、

「んっ……んっ……んっ……ぁあああ、それ……感じる」

結子が言いながら、顔をのけぞらせた。

夢中でなおも舐めると、今度は結子の身体がびくっ、びくっと震えはじめた。

「ぁああ、ああ……きみの舌、気持ちいい……ぁああ、ああぁ、たまらないよ」

そう喘ぐ結子の持ちあがった尻が、じりっ、じりっと揺れていた。もどかしそうに腰を振って、もっと舐めてとばかりに乳房をぐいぐいと押しつけてくる。

その頃には白いブラウスが完全に透けて、乳首が乳輪までくっきりと浮かびあがっていた。

と、結子はいったん上体を立て、ブラウスのボタンに手をかけて、上からひとつ、またひとつと外していく。

たわわな乳房が徐々に見えてきて、ブラウスが肩から落とされたとき、亮介はハッと息を呑んだ。

丸々として、大きくて、微塵の型崩れもない。半球に近い形で張りつめた乳房のやや上に、ツンと突起がせりだしている。

こんな形のいい乳房は、ヌードグラビアでしか見たことがない。

「のどかにオッパイあげたら、少し乳首が大きくなってしまって……でも、その後にきちんとケアしたから、オッパイは元のままよ。むしろ、少し大きくなったかな。どう？」

「すごいです。こんな形のいい胸は見たことがありません」

「紗江子さんより？」

「はい……」

紗江子の胸も確かに立派で形もいいが、結子が小柄な分、バランス的にはたわわに見える。

「ふふっ、いい子ね。舐めていいよ。舐め方、わかる？」

「はい、多分……」

近づいてきた乳房に貪りついた。

やはり、じかだと違う。全体的に張りのある乳房をモミモミしながら、濃いピンクの乳首に吸いついた。チューッと吸うと、

「あんっ……！」

結子が喘いで、顔をのけぞらせた。

（感じてくれている！）

自信が湧いてきた。ちゅるっと吐き出し、唾液でぬめ光る突起を上下に舐めた。舌で下から上になぞりあげ、今度は下へと押しさげる。

一度、紗江子相手にしているから、少しだけ余裕があった。

上下になぞるうちに、乳首はどんどん硬くしこってきて、それを舌で横に弾いた。

やはりこのほうが舌は動かしやすい。れろれろっとつづけて舌を打ちつけると、突起も揺れて、

「ぁあああんん……あん、ぁああん……いやぁあああんん」

結子は一転してぐずるような声をあげて、がくん、がくんと腰を上下に揺らせる。

亮介は紗江子のアドバイスを思い出して、もう一方の乳首も舐めて、反応を見る。さっきのほうが感じている。ということは向かって右側、すなわち結子にしてみれば左側の心臓に近いほうのオッパイのほうが感じるということだ。

（こういうときは……）

亮介は向かって右側の乳首に舌を走らせる。女の人は乳首を両方同時に攻められたほうが感じる、という紗江子のアドバイスを思い出して、もう片方の乳首は指でつまんで転がす。

すると、結子の気配が変わった。

「ああ、ねえ、きみのをしゃぶりたい。いい？」

「はい、もちろん」

「シックスナインってわかる？」

「はい、だいたい。ビデオで見ました」

「あれをしてもいい？」

「はい」

結子が身体の向きを変えて、亮介の顔にお尻を向ける形で上にまたがってきた。

3

目の前に突きだされた尻はミニスカートに包まれているものの、薄いピンクのパンティはほぼ丸出しで、低い位置から見ると、細い基底部がふっくらとした割れ目をかろうじて隠していた。

しかも、ちょうど真ん中には深い谷間ができていて、それが涙形に沁みていた。

だが冷静に観察できたのもそこまでで、下腹部のいきりたちを温かい口腔で包まれると、その悦びでとてもクンニをする余裕などなかった。

「んっ、んっ、んっ……」

結子は小さな唇で屹立を包み込んで、激しく上下にスライドさせる。

たちまち追い込まれて、亮介は快感をこらえるだけで精一杯になった。すると、それがわかったのか、結子はちゅるっと吐き出して、肉棹を握りしごきながら、

「ねえ、ねえ……舐めて」

と、誘うように尻をくねらせる。

ごくっと生唾を呑みながら、亮介は基底部を横にずらしてみる。すると、こぶりだ

がぷっくりとした女の園が現れた。

紗江子の華麗なものとは違い、小さい肉びらが花びらのようにひろがっていて、その内側には濃いピンクの肉の庭がぬらぬらといやらしく光っていた。

「ショーツの横が紐で結ばれてるでしょ？　それを解けば、脱がせられるから」

結子が言う。

確かに、サイドに薄いピンクの結び目がある。これが、紐パンというやつなのだろう。

期待感を持ちながら紐を引っ張ると、はらりと紐パンが外れた。

目の前に突きだされているヒップはこぶりだが、引き締まっていて、双臀の切れ目に女の証が息づいていた。淡い繊毛を背景にして、キュートだが清潔感もある女の花が精一杯咲き誇っている。

(エロいけど、かわいらしいぞ)

そっと舐めた。

舌にぬるっとしたものがからみついてきて、

「あんっ……！」

結子がびくっと尻を震わせた。

湧きあがってくる唾液を塗りつけるように狭間に舌を走らせる。ぬるっ、ぬるっと舐めると、狭間がひろがっていく感じがあって、上のほうにとても小さな孔のようなものがぴったりと口を閉ざしている。

(これが、膣口か……こんな狭いところから、のどかちゃんは出てきたのか?)

不思議でしょうがない。

自分も味わってみたくなって、上のほうの口にぐいぐいと舌を押し当てる。すると、膣口がゆるみながらもまとわりついてきて、そこはわずかな酸味があって、他のところより味が濃い。

あふれでた蜜をジュルジュルッと啜りあげ、なおもぐにぐにした箇所を舌で押し込んでいくと、

「ぁああ、気持ちいい……それ、気持ちいい……ぁあああ、あああんん、いやぁああ あんん……」

そう口走りながら、結子は尻をくなり、くなりと振って、膣口をもっと舐めてとばかりに擦りつけてくる。ついには、

「ねえ、指を……指を入れて」

と、せがんできた。

指を入れるのは初めてだが、やってみたい。長いほうがいいだろうと中指を舐めて濡らし、膣口に押し込んでいく。

なかなか入らない。きっと角度が悪いのだろうと試していると、指先が窮屈なところを押し広げていき、ぬるりと入り込む感触があって、

「あ、くっ……！」

結子がのけぞりながら、勃起を握りしめてきた。

「ああん、そっちじゃない。指をお腹のほうに向けて……そうよ、そう……そっちにはGスポットがあるから……指を鉤形に曲げて。そうよ、それでいい……そのまま、内側を擦って……ああ、そうよ、そう……くっ、くっ……！」

結子がびくっ、びくっとして、握ったイチモツをますます強く握りしめてくる。

浅いところに硬く突きだした部分があって、その奥に柔らかく沈み込み箇所がある。きっとここがGスポットのだろう。

「ああ、いい……もっと、指を曲げていいのよ。そう、そうよ……ああ、気持ちいい」

結子が背中をしならせる。

亮介が言われたように指を鉤形に曲げて、粘膜を擦っていると、結子の様子がさし

せまってきた。

「ああ、あああ……もう、ダメっ……ねえ、欲しくなった。きみのおチンチンが欲しくなった」

結子が誘うように腰をくねらせた。

「入れてほしいんですか？」

「ああ、そうよ。これを、このカチンカチンのもので、結子を貫いて！　お願い、早くぅ、我慢できない」

ちょっと考えて、亮介は下から這いでて、ベッドに四つん這いになっている結子の後ろに張りついた。

この前、紗江子とバックからしているので、安心感があった。ミニスカートだけを身につけた結子のぷりっとした尻は、白いレースのカーテンから洩れてくる午前中の陽光を浴びて、清らかだがいやらしい。

亮介は鋭角に持ちあがったものを押しさげるようにして、あてがった。

この前は上すぎたから、ぐっと押して、下のほうを狙う。

（このへんだったはずだが……）

結子は小柄で這っても、腰の位置が低い。同じバックでも、女性によって微妙に高さも違うのだと思った。

ぬめりをさぐりながら、腰を入れていくと、今回は上手くいった。

濡れた箇所を切っ先が突破していく感触があって、ぬるりと嵌まり込んでいく。

（ああ、入ったぞ！）

切っ先が奥のほうまで入り込んだ瞬間、

「ぁあああっ……！」

結子がこれまで聞いたことのない低く、獣染(けものじ)みた声を放った。

「おおぅ、くっ……」

と、亮介も奥歯を食いしばっていた。

挿入しただけで、とても窮屈な膣がくいっ、くいっと肉の棹を締めつけてくる。

紗江子にはまったりした感じがあったが、結子はとにかくきつくて、しかも、入口と途中が波打つように食いしめてくる。

このキンチャクのような窮屈さでは、ストロークしたらすぐに出してしまいそうだ。

奥歯を食いしばってこらえていると、焦れたように結子が自分から腰を振りはじめた。両膝と両手をベッドに突き、全身を前後に揺するようにして尻をぶつけてくる。

「んっ……あっ……あっ……ぁああ、あん、あん……」

顔を上げ下げして、気持ち良さそうに言う。それから、

「ねえ、突いて……突いてよぉ」

甘えた声でねだってくる。

(かわいいぞ。かわいいけど、エッチだ！　よおし……)

亮介はミニスカートをまくりあげて、完全に露出した尻を見ながら、きゅんとくびれたウエストをつかみ寄せ、おそるおそる打ち込んでいく。

加減しているのに、結子は「あん、あっ、あっ」と声をあげて、

「いいのよ、いい……もっと、奥までちょうだい」

訴えてくる。

亮介はぐっとこらえながら、深いところに突き刺していく。屹立が深々と嵌まり込んでいき、同時に下腹部が尻にぶち当たって、

「あんっ……あんっ……ああ、響いてくるの。ズンズン来る……この衝撃がいいの。あんっ、あんっ……」

結子は身体を前後に揺らしながら、ピンクのシーツを掻(か)きむしる。

打ち込みながら、亮介も女を歓喜に導くことの悦びを見いだしていた。結子はとくに小柄だから、亮介のような経験の浅い男でも、女を支配しているような気持ちにな

る。

（よし、このまま……！）

徐々にストロークを強くしていくと、結子はいつの間にか両肘を突いて、顔を腕に乗せ、上半身を低くし、尻だけを高々と持ちあげる格好になっていた。

身体が柔軟なのだろう、その背中の大きなしなりがたまらなくエロチックだった。

幸いにして、どうにか射精はしなくて済みそうだ。ぐいぐい突くと、

「あん、あん、あんっ……あっ……」

結子はがくがくっと震えながら、前に突っ伏していった。

亮介も逃げていく腰を追って、結子に覆いかぶさる。

すると、腹這いになった結子が尻だけをぐぐっと突きだしてきた。亮介が足を挟み付けるようにして打ち込んでいくと、

「ぁああ、ああ……もう、ダメっ……きみ、すごいよ。ほんとに童貞だったの？」

「……ほんとうです」

「ずっと入れてもらえてなかったの。主人、硬くならないから……だから、これ、ひさしぶりなの。ああ、ああああ、カチカチ……カチカチが気持ちいい……あんっ、あんっ、あんっ……ぁあああ、イキそう。ねえ、イッていい？」

「も、もちろん……」

亮介は腕立て伏せの形でぐいぐいと沈み込ませていく。甘い陶酔感が下半身でふくれあがっている。だが、まだ射精したくない。結子をイカせるまでは……。

つづけざまに打ち据えると、結子の気配がさしせまってきた。

「イク、イク、イッちゃう……！　イクよ……ぁあああああああっ！」

歓喜の声をあげながら、尻をぐぐっと持ちあげてきた。

亮介がせりあがってきた尻めがけて、ズンッと打ち込むと、

「いやあああぁぁぁ……うぐっ！」

結子はのけぞりながら最後は生臭い息を洩らし、持ちあげていた尻を力なく落とした。

射精しかけていた亮介は結合を外して、ぐっとこらえた。

鋭角にそそりたつイチモツは白濁した蜜にまみれて、ぬらぬらと光っている。

4

部屋のウォークインクロゼットで何かしていた結子が出てきたとき、亮介はあっと

目を見張った。

結子は赤いハーフカップのブラジャーをして、黒い太腿までのストッキングを穿いていた。ストッキングにはなぜかピンクのリボンを結んだような柄が入っていた。ノーパンなので、若草のように薄い繊毛がもやもやと恥丘に生えているのが、目に飛び込んでくる。

結子はピンクの小さな袋を持って、ベッドにあがると、袋に入っているものをシーツに並べた。クリームや液体の化粧品みたいなものだ。結子はそのひとつを取って、

「これは、クリちゃんに塗るとジンジンしてきて、すごく欲しくなるのよ。これは、Gスポット用。そして、これが……」

と、化粧水のようなものをつかんで、説明した。

「オーラルセックス用なの。つまり、おチンチンに塗るの。あまり香りはないけど、舐めるとすごく甘いの。おフェラが嫌いな女の人にはいいのよ。おしゃぶりしていても、甘くて、ケーキを食べてるみたいだから」

どうやら、これは媚薬みたいなものらしい。

驚いたのは、それぞれが女性の喜びそうなとてもお洒落(しゃれ)な容器に入っていることだ。

「今、通販で取り寄せられるの。外国製のものが多いけど、すごく効果があるのよ。

まずは、これね」

クリトリスに塗ると効果があるという小さなチューブを亮介に手渡す。

「すごくお洒落ですね」

「そうよ。化粧品のなかに忍び込ませておけば、媚薬だなんて、全然わからないでしょ？　これを、塗ってほしい」

そう言って、結子は足を開いて上体を立てた。

びっくりしたが、媚薬を使うのはもちろん初めてだから、試してみたい。匂いを嗅ぐと、ツーンとした刺激臭がある。

「ハーブが主成分なのよ。自然物だから害はないってこと。塗って」

言われて、亮介はチューブから透明なクリームを指の先に出して、それをクリトリスに塗り込んでいく。

「ああん……ひんやりする。でも、だんだんカッと火照ってきて、うずうずしてくるのよ。次は、これね。これはGスポット用のクリームなの。これを塗れる？」

「やってみます」

指腹に出した白濁したジェルを、膣口に指を突っ込んで、鉤形に曲げて、塗り込んでいく。

ものすごく濡れていて、しかも、とろとろで、媚薬など必要がないような気がする。

「ああ、だんだんジンジンしてきた。あとはこれね……オーラルセックス用のジェル。きみのおチンチン、ココナッツミルクみたいな香りがするけど、これを塗ったら、舐めてもスイートでいい感じになると思うの。塗っていい？」

「……はい。試してみたいです」

「いい子」

亮介のイチモツはさっと膣に指を突っ込んでいる間にまた硬くなっていて、結子はピンクの化粧瓶みたいなものからピンクのジェルを出して、それをベッドに仰臥した亮介の勃起になすりつけてくる。

ひやっとして、ぬらつくものが勃起に塗られ、てかてかしてきた。

「美味しそう……いただきます」

にこっとして、結子が顔を寄せてきた。

這うようにしてぐっと尻を後ろにせりだした格好で、屹立をツーッと舐めあげ、ぴちゃぴちゃと味わって、

「うん、甘くて美味しい……スイーツを食べてるみたいよ」

結子はぬらぬらした肉の塔を右から左からたっぷりと舐め、舌鼓を打つ。

「これならいつまでも舐めていられそう。じつは、うちの主人、ちっとも勃たないから、時々、これを使っておしゃぶりしているのよ。それでも、ダメなの。可哀相でしょ、わたし？」

「……クリやGスポットの媚薬は？」

「しょうがないから、自分でするでしょ？　そのとき、これを使うと、すごく感じやすくなるから、指だけでイッちゃうの。だから……」

見あげて言って、結子が今度は咥えてきた。

いきりたつものを頬張って、ゆったりと唇をすべらせては、ジュルル、ジュルルと唾音を立てて吸い、亮介を見あげてくる。

ドキッとした。甘いから唾液が分泌されるのだろうか、肉棹の形そのままにOの字に開いた唇の隙間から、涎のようなものがあふれてしたたっている。

「ああ、美味しい……」

結子は頬張ったり、舐めたりしていたが、やがて、腰がもどかしそうに横揺れしはじめた。

「ああん、媚薬が効いてきた……ぁああ、ジンジンする。熱い。カッカしてきた。ぁあああ、あああ、ねえ、ねえ……」

怒張を吐き出して、自らの指で股間をいじりながら、切なそうに眉を八の字に折って、とろんとした目で見あげてくる。

「ああん、焦れったいな。欲しいの。これが欲しいの……入れて、なかを掻きまわして、いっぱいちょうだい！」

結子はもう一刻も待てないとでも言うように、肉棹を握りしごいてくる。

「そんなに欲しいんですか？」

意地悪く言う。

「そうよ……ああ、入れて。早く……入れてよぉ。おかしくなる、欲しくて狂っちゃう！　ぁああ、あああうぅぅ」

我慢できなくなったのか、結子は右手の指を翳りの底に押し込んで、激しく抜き差ししている。

「じゃあ、上になって……」

言うと、結子は亮介を仰向けに倒して、腰にまたがってきた。

赤いスケスケのハーフブラが丸々とした双乳を押しあげ、ノーパンで、太腿までのピンクのリボンの模様のついた黒ストッキングを穿いている。

芸能人になれるのではないかと思うようなととのった顔が紅潮し、目がきらきらしてきた。

結子は片手でいきりたちを導き、押しつけながら、静かに腰を落としてくる。

勃起が熱いと感じるほどの膣肉をとらえて、奥まで入り込み、

「ぁあああん……！」

結子はのけぞりながら喘ぎ、もう一刻も待てないとでも言うように腰を振りはじめた。

蹲踞の姿勢で足を開き、ぐいん、ぐいんと尻を前後に揺らし、

「ぁああ、いい……これが、これが欲しかったの……気持ちいい。気持ちいいの……ぁああ、すればするほど欲しくなる。ぁああ、止まらない。ああ、助けて……助けて……ぁあああああ、いい！」

のけぞりながら、激しく腰を振る。激しすぎて、ちゅるっと結合が外れ、

「ああん、逃げないで」

手で肉棹をふたたび押しつけて、挿入する。

「ぁああ、ねえ、突きあげて……突きあげて……」

「こ、こうですか？」

亮介が腰を撥ねあげると、結子は蹲踞の姿勢でそれを受け止め、切っ先が奥を突き

あげるたびに、

「あんっ……あんっ……」

と、甲高く喘ぐ。

ハーフブラで持ちあげられた乳房がぶるん、ぶるんと縦に揺れ、結子は手を胸板に突いて、

「ああ、あああ……ああああ、気持ちいい……気持ちいいのよぉ」

顎をいっぱいにせりあげる。

キュートでエッチだ。媚薬でかきたてられたところをぐいぐい突かれて、快感が急上昇しているのだろう。

亮介は自分でもっと動きたくなって、腹筋運動の要領で上体を起こした。そして、結子の身体をゆっくりと後ろに倒していく。

こうすれば、騎乗位から正常位に移ることができると、体位を網羅したネットのサイトで見たことがある。

しかし、これだと膝を抜かないと、正常位にはなれない。

エイヤッと強引に膝を抜いた。足が攣りそうだったが、どうにかして膝立ちすることができた。

結子の両膝の裏をつかんで持ちあげ、上から打ちおろした。すると、結子の腰がやや持ちあがって、勃起と膣の角度がぴたりと合った。

ぐいぐいと打ち込んでいくと、上反りした肉柱がずりずりとGスポットを擦りながら、奥に潜り込んでいき、

「ああ、これ、気持ちいい……ああ、これ……あん、あんっ、あんっ……。ああ、あああ……ぁあああああ」

結子は両手を開いて、シーツを鷲づかみにし、顎をせりあげて陶酔にひたっている。

（……セックスでは女性のほうが気持ちいいんだろうな。男は一瞬だけど、女性は長く、どんどん良くなっていく）

まだ経験の浅い亮介にも、そのくらいはわかる。

この天にも昇る悦びが夫の都合で奪われたら、欲求不満は溜まる一方に違いない。

（そうか……俺は夫の代わりに人妻を満たしてあげているんだから、後ろめたさを感じなくてもいいんだ）

そう思うと、すごく気が楽になった。

亮介がズンズンと打ち込むと、

「あん、あんっ……ぁああ、イキそう。ねえ、イキそう……イッていい？」

「イッてください」

亮介も追いつめられていた。ここは射精覚悟で頑張って、結子に絶頂を迎えてほしい。

膝裏をつかんで押しつけ、ひろがった太腿の奥につづけざまに屹立を叩き込む。

「ぁああ、あああ……ぁああ、来る……イク、イク、イク……やぁあああああぁぁぁ、あぐっ！」

結子がシーツを引っ掻きながら、顎を高々とせりあげた。イッたのだろうか、その姿勢でがくっ、がくっと震えている。

亮介は奇跡的に射精を免れていた。

もしかしたらオマ×コへの耐性ができてきて、持続時間が長くなったのかもしれない。

結子ががっくりして静かになった。

回復を待とうとじっとしていると、いきなり、ピンポーンとインターホンのチャイムが鳴った。

ハッとしてインターホンを見る。

しつこく鳴りつづけるので、結子はベッドを離れて、壁にかかったインターホンに

話しかける。映像が出て、

「わたしよ。菱田です。いるんでしょ？　ちょっと用があるのよ」

玲菜の声が聞こえてきた。

「わ、わかりました。今、行きますから少しお待ちください」

結子は急いで服を着ている。

ママ友のランク的には、玲菜のほうが階層が上だから、ああ言われればどんなときでも対応しなければいけないのだろう。

「ゴメンね。すぐに帰ってもらうから、ここで待っていて。着替えちゃいやよ。まだ、したいから」

そう言い置いて、結子が部屋を出た。

（玲菜さんか……美人だけど、すごく怖そうだな……まあ、見つからないとは思うけど……）

セミダブルのベッドで天井を向いて横になっていると、足音が急速に近づいてきた。

（えっ……これは！）

掛け布団を首まで引きあげたとき、ドアがバーンと開いた。

そこに立っていたのは、菱田玲菜だった。

　ワンピースにジャケットをはおった玲菜がずかずかと入って、掛け布団に手をかけた。強引に布団を剝がされ、素っ裸の亮介はあわてて股間を押さえた。それでも、いまだギンとしたおチンチンがそそりたっていた。

「やっぱりね。玄関に若者の履くスニーカーがあったから、怪しいなと思って来てみたら、これじゃないの。きみ、ピザのデリバリーの青木くんよね。どういうことよ、これは？」

　玲菜がきっと亮介をにらみつけ、それから、後ろにいた結子を振り返った。

「すみません……これにはいろいろと事情が……ですので、このことはご内密にお願いします。青木さん、帰ってください。あとはこちらで何とかしますから、きみは帰って……お店があるでしょ？」

「ああ、はい……」

　亮介はそばにあった下着や服をかき集めて持ち、裸のままそそくさと部屋を出た。

　二階では女同士の話し合いがいまだになされているようだ。

　亮介は階段を降りたところで服を着て、急いで玄関を出た。

（どうなってしまうんだろう？　俺、これで一巻の終わりかも）

　店に向かって歩いていく亮介の頰を、春の風が撫でていった。

第四章　高慢奥さまはM？

1

（俺、まずいんじゃないのか？）

しばらくの間、亮介は不安に苛（さいな）まれていた。

市村紗江子ばかりでなく、そのママ友である吉岡結子と寝てしまった。その上、その現場を菱田玲菜に踏み込まれて、目撃されてしまったのだ。

（どうなっちゃうんだろう？）

何かまずいことが起こりそうな気がする。

そんな気持ちがあるせいか、アルバイトにも集中できず、店長には『どうしたの、最近ミスが多いけど、何かあった？　悩み事があるなら、打ち明けてくれていいのよ』と心配されている。

　明日からまた大学の講義が始まるという春休み最後の日、また横倉勝久が視察と称して店にやってきた。気になって様子をうかがっていると、横倉は店長にぐちぐちと文句を言っていたが、ついには奈緒の肩に手をまわして、口説きはじめた。

（ああ、あの野郎！）

　奈緒は明らかにいやがって、肩に置かれた手を外そうとしている。しかし、横倉はいっこうに意に介せず、その肩を引き寄せて、また耳元で何か囁いている。しかも、制服の胸元に手をかけて、何かしている。

（ああ、くそ、あの野郎！　このままでは……！）

　亮介は意を決して、控室のドアをノックし、

「すみません。店長、ちょっと用があるんですが」

　声をかけた。すぐに、奈緒が出てきた。

　赤い顔をしているし、制服の赤いシャツの乱れた胸元を手で合わせるようにしている。

「ありがとう……助かったわ」

　奈緒は安堵したように見て、ボタンを嵌（は）める。

その際、たわわな胸を持ちあげた白いブラジャーがのぞいてしまって、亮介はこんな状況でもエッチなことを考えてしまう自分に失望した。が、すぐに思い直して、奈緒を通路の奥に連れていって、

「こんなことされて、どうして逆らわないんですか？　明らかなセクハラですよ。あいつをのさばらしておいたらダメですよ」

「いっこうに売り上げがあがらないから、クビにするぞと脅されて……わたし、ダメね。身がすくんでしまって……」

「店長、しっかりしてくださいよ。そんな弱気だから、あいつにつけ込まれるんです。しっかりしてください」

「……ゴメンなさい。こんな店長を見捨てないでね」

通路の暗がりで、いきなり奈緒が抱きついてきた。亮介の胸板に顔を埋めて、ぶるぶる震えている。

(可哀相に……よほど怖かったんだな)

亮介もおずおずと背中を撫でる。

髪からはシャンプーの甘い香りがする。腕のなかにおさまっている奈緒の身体はしなやかで、抱いていても気持ちいい。

どのくらいの時間そうしていたのか、奈緒は離れて、

「もう大丈夫。ちゃんとするから」

そう言って、また控室に入っていった。

しばらくすると、横倉から飛びだしてきた。憤懣やるかたない様子で、バンとドアを閉めて、肩をいからせて店を出ていく。

（ああ、店長、はっきりと言ったんだな）

すぐに、奈緒が控室から出てきた。

亮介を見てうなずき、それから、調理場に向かった。

その日、午後八時の客のオーダーストップ間際に、あの菱田玲菜から注文が入った。

「きみを指名してきたんだけど……」

奈緒が声をひそめて言う。

「……行きますよ。もちろん」

亮介はそう答える。ああいう状況があって、亮介を指名してきたのだから、玲菜には何か考えていることがあるのだろう。ここは応じたほうがよさそうだ。

「青木くん、最近、たびたび奥様方から指名が入るけど……何かあるの？　こんなこと、うちの店では初めてなのよ」

奈緒が心配そうに訊いてきた。当然の疑問だと思った。

じつはと、すべてを打ち明けて相談したかった。だが、事がセックス関係なだけに口には出せない。

「いえ、何もないです。たんに、気に入られただけなんじゃないかと……」

「それだったら、いいんだけど……」

「いいじゃないですか。俺が行けば、みなさんまた注文してくれるんだから。店の売り上げに貢献できたらうれしいです」

「……わかったわ。でも、何でも相談していいのよ。どんなことでも……」

奈緒が真っ直ぐに見つめてくる。

『どんなことでも』と言われて、亮介はドキッとした。気づかれているのではないかと……だが、あくまでも奈緒の推測であって、亮介が口を開かなければ事実はわからないはずだ。奥様連中がばらすとも思えない。

すぐに注文のピザが焼きあがり、亮介は二枚のピザをスクーターの後ろに積んで、菱田宅に向かった。

十分ほどかけて、マンションの一階にある菱田宅に到着したときは、すでに午後八時をまわっていた。

　このへんでは、一際目立つ瀟洒な造りの高級マンションで、亮介はピザの箱を抱えて部屋をさがす。インターホンを押すと、すぐに玄関ドアが開いて、玲菜が姿を現した。

　長袖のブラウスを着て、長めのタイトスカートを穿き、ストレートロングの髪を後ろできゅっと結いあげていた。顔がきりっとしているので、出来るＯＬみたいだ。長身ですらりとしていて、ハイヒールが似合いそうだった。

「あがってちょうだい」

「あっ、いえ……あがらないように言われてますので」

「なかでお勘定を払ってあげる。それに……」

　玲菜が一瞥をくれる。

「あなたはわたしには逆らえないはずよ。結子さんとのこと……わかってるよね。『従業員の青木さんがママ友の家の奥さんのベッドにいました』って店にばらしたら、どうなるかしら？　困るでしょ？」

　ああ、やはりあのことを持ち出してきたか……。

「あがって。大丈夫よ。息子は今、結子さんのお宅に預かってもらっているし、主人は今夜は帰らないの。出張だって見え見えのウソついて、女のところに行っているのよ。平気よ、店には電話をしておいてあげるから。いつまでもそんなところに突っ立っていないで、あがりなさいな」

「ああ、はい！」

亮介は急いで靴を脱ぎ、マンションの部屋にあがる。杞憂（きゆう）が現実になった。

（しかし、このへんの奥様連中はどうなっているんだ？　玲菜さんのご主人は他の女のところにいるって言うし、紗江子さんも結子さんも……店長のところだって、ご主人と上手くいっていないみたいだし……）

夫婦って何だろう？　結婚式をあげるときは幸せ一杯ムードなのに、年月が経つと、みんな愛情がなくなってしまうんだろうか？

玲菜は歩きながらスマホで店に電話をして、青木さんに手伝ってもらいたいことがあるから、しばらく体を借りる。その代わり、ピザを頼むときはそちらにするから、と一方的に伝えて、電話を切った。

おそらく出たのは店長だろう。これでまた彼女に心配をかけることになってしまった。疑われないためにも何か理由を考えておいたほうがよさそうだ。

「することとしたら、お勘定は払ってあげるから」

リビングに入ると、玲菜がソファに座りながら言った。

「……することって？」

「決まってるじゃないの。あなたがこれまで、紗江子さんや結子さんにしてきたことよ。結子さんからすべて聞いたわ。まったく、あの二人……わたしを除け者にしようたって、そうはいかないわ。でも、その前に……せっかくのピザが冷めてしまうから、食べさせてちょうだい。あっ、その前に着ているものを全部、脱いで」

「えっ……脱ぐんですか？」

「そうよ。あなた、結子さんちのベッドで素っ裸で寝ていたじゃない。おチンチンをおっ勃てたまま……ほんと、いやらしいんだから。冷めないうちに、早く」

高飛車に出られて、むかっとしたが、ここは素直に従って、玲菜に気持ちを変えてもらうしかない。

亮介は怒りをぐっと抑え込んで、服を脱ぐ。

ブリーフだけになって、センターテーブルに載っているピザの箱を開けようとすると、

「何してるの？」

「えっ……」

「まだ裸になってないじゃないの。その灰色のブリーフも脱ぎなさい。早く！」

玲菜の叱咤が飛んできた。

どうしてこんなに高慢なのだろう？　きっと、夫が余所に女を作っているから、イライラしているのだろう。いや、もともと不遜な性格で、それがいやで、ご主人も女に逃げたのかもしれない。

せっかく、スタイル抜群で、顔もきりっとした美人なのに、これでは……。

胸のうちでは嘆きつつも、言われたようにブリーフを脱ぐ。あまりにも玲菜が怖いので、肝心な部分は縮こまってしまっていた。

股間を隠しながら、ピザの箱を開けていると、ソファに足を組んで座っていた玲菜がいきなりブラウスの胸ボタンを上から、ひとつまたひとつと外しだした。

それから、ブラウスを肩から落とす。

ライラック色の艶めかしいハーフブラがたわわな胸のふくらみを持ちあげていた。

それから、玲菜は髪止めを外して頭を振ったので、ストレートロングの黒髪が枝垂れ落ちて、肩や胸にかかった。

無駄肉のないスレンダーな身体をしていた。手足は長く、胸のふくらみもバランス良く実っている。

結子には、玲菜は三十六歳で、紗江子は三十八歳。結子が二十九歳だから、二人とはだいぶ歳が離れているのだと聞いていた。

玲菜はとても三十六歳には見えない。肌もすべすべだし、顔や首すじの皺もない。熟年モデルとしても通用しそうな容姿だった。

その完璧なボディに見とれているうちに、下腹部のものが反応し、だんだん硬くなってきた。

すると、そこに視線をやった玲菜が、してやったりという顔をした。

「いやねぇ。あそこを大きくして……」

「あっ、すみません」

「早く、ピザを食べさせて」

「ああ、はい……」

亮介は玲菜の前にしゃがんで、ピザを一切れつかみ、まだチーズが糸を引いているピザを玲菜の口許に持っていった。

玲菜が口を開けたので、そこに、二等辺三角形の頂点のほうから差し出していく。

玲菜は頬張って、一口嚙んで千切り、口のなかで味わって、

「美味しいわよ。ちょっと何してるのよ。わたしの前では正座しなさい。そうよ、そ

う……もう一口」

　亮介は正座して畏まり、ピザの一片をまた差し出す。それを頬張って、玲菜が咀嚼する。

　最初は屈辱に感じた。しかし、玲菜があまりにも美味しそうに食べるので、亮介は令夫人に給仕をする召使のような気がしてきて、いやではなくなった。むしろ、気持ちが弾む。一片を食べ終えたとき、

「あなたもお腹空いてるでしょ？　食べさせてあげる。はい、アアンして」

と、玲菜がピザを差し出してきたので、亮介はがぶりと嚙んで、むしゃくしゃと食べる。空腹を感じていたので、店のピザをとても美味しく感じた。

　一切れを食べ終えたとき、玲菜が言った。

「来て。前に立って」

　亮介がソファの前に立つと、玲菜が股間を隠していた手を押し退けて、いきりたつものに顔を寄せ、くんくんと鼻を鳴らした。

「確かに、結子さんが言っていたようにココナッツミルクね。チーズっぽくもあるわね……どうしてこんな甘い香りがするのかしら？　不思議ね」

　興味津々の様子で、勃起を持ちあげて裏のほうを観察し、匂いを嗅いだ。それから、

皺袋を下から持ちあげるようにやわやわと揉んで、

「タマが立派だわ。これだから、精力絶倫なのね。結子さんがそう言っていたわよ。すごく激しいって……こういうこと、されたことある？」

玲菜はソファを降りて、姿勢を低くし、袋を舐めてきた。下からちろちろと舌を走らせながら、睾丸袋を指であやしてくる。

「ああ、くっ……」

「初めてなのね？」

「はい、初めて……あっ、ちょっと！　うっ！」

まさかのことが起こった。玲菜が片方の皺袋を頬張ってきたのだ。

右側のキンタマがなくなってしまったかのようだ。信じられなかった。睾丸が玲菜の口におさまっている。しかも、それをしているのは、プライドが高く、絶対に男のキンタマなどしゃぶらないだろう高慢な奥様なのだ。

玲菜は頬張りながら、舌で睾丸の底をねろねろとあやしている。同時に、いきりたっている肉棹をほっそりとして長い指で握り込み、ゆったりとスライドさせるのだ。

「ああ、くっ……おおぅ！」

唸りながらも、快感が育ってきて、思わず天井を仰いでしまう。

知らなかった。キンタマを頬張る女の人がいるなんて。しかも、けっこう気持ちいい。

玲菜は顔を傾けて両方の睾丸を交互に頬張りながら、下から見あげてくる。

自分の愛撫がもたらす効果を推し量っているような目が、いっそうギラギラしていて、この人は男を翻弄(ほんろう)することを愉しんでいるのではないか、という気がした。

2

亮介はソファに腰かけて、足を大きく開いている。

そして、玲菜はピザのワンピースを持って、いまだとろっとしている表面のチーズを指ですくいとり、いきりたっているものに塗りつけはじめた。

糸を引くチーズを屹立に紐で縛るように垂らすと、

「ふふっ、美味しそう」

舌鼓を打って、味わいはじめた。

血管の浮きでた肉柱にチーズをなすりつけるようにしてから、ぬるっ、ぬるっと舐めて、

「ココナッツとチーズのブレンドが絶妙だわ」

猫のような妖しい目を向けて言い、丹念に舌を走らせる。その間も、皺袋をお手玉でもするように下からぽんぽんするので、亮介の分身はこれまでなかったほどにギンギンになった。

「美味しい……いただくわね」

見あげて言って、上から頬張ってきた。

チーズと唾液にまみれた肉の塔に唇をかぶせて、ゆったりと顔を打ち振る。

枝垂れ落ちているストレートロングの髪が股間に触れて、ソフトな刷毛で股間をくすぐられているようだ。しかも、唾液がハンパなくしたたって、陰毛を濡らす。

ジュルル、ジュルルとわざと音を立てて吸い、いったんスライドをやめ、途中まで咥え込んで、茎胴まで咥えた状態で、なかで舌をからませてくる。

れろれろっ、ぬるぬるっと舌が亀頭部にからみつき、スライドしなくても快感がひろがってきた。

（そうか……こうやって舌を使うんだな）

フェラチオは唇と舌の合わせ技なのだということを、認識できた。

玲菜は頬張りながら、黒髪をかきあげて、どう、気持ちいい？　と言わんばかりに見あげてくる。

「気持ちいいです。気持ちいい……うっ、ぁあああ」

途中から、玲菜がまた顔を振りはじめたので、一気に悦びが上昇した。

激しく上下動させて、ちゅるっと吐き出し、亀頭冠の真裏に舌を走らせる。その間も、右手は茎胴を握りしごき、左手は睾丸をやわやわと揉みあげてくれる。

(ああ、すごい……!　こんなこともしてくれるんだな)

紗江子も結子もそうだった。セックスのときは全力で相手を気持ち良くさせようとする。

尽くしてくれれば、相手に対しても同じように尽くそうと思う。そうやって、お互いに高まっていくのだ。

(セックスってすごい)

お客さんの人妻三人に出逢って、セックスがいかに素晴らしいものなのかがよくわかった。

玲菜がまた上から頬張ってきた。今度は、茎胴を長い指で握って、顔の上下動と同じリズムでしごいてくる。よく手入れされた爪には濃いピンクのマニキュアが塗ってあって、光沢のある指の先が動くさまがエロかった。

「ああ、くっ……出そうです！」

ぎりぎりまで高まって訴えると、玲菜は吐き出して、口角についたチーズと唾液を手の甲で拭った。それから、

「これだけしてあげたんだから、わたしにもね」

傲岸(ごうがん)そうな目を向けて言い、入れ替わりでソファに腰をおろした。

両足をソファにあげたので、スカートがまくれあがって、肌色のパンティストッキングに包まれた下半身があらわになった。

（えっ……？）

驚いたのは、透過性の強いナチュラルカラーのパンティストッキングの股間から、黒々とした繊毛が透けでていたことだ。

「ショーツを穿いていないの。このほうが、見た目に刺激的でしょ？　わたしもエッチな気持ちになれるし……舐めて。上から舐めて」

前に座った亮介を見て、ぐいと下腹部を突きだしてくる。

ごくっと生唾を呑み込みながら、亮介はＭ字に開いた太腿の奥に顔を埋めこんでいく。

パンティストッキングのぬめぬめざらざらした感触を味わいながら、翳(かげ)りの底に舌

を走らせる。唾液が沁み込んで、内部がくっきりと浮きでてきた。

渦を巻いたような濃い翳りが透けだし、左右のぷっくりとした陰唇までもがわずかにひろがっているのがわかる。ちょうど中央に、パンティストッキングのセンターシームが食い込んでいる。

そこをさらに舐めると、ますますシミがひろがって、

「んんっ……ぁああ、あああぁ」

玲菜はくぐもった声を洩らしながら、ぐぐっ、ぐぐっと下腹部をせりあげてくる。M字に開いた両足を自分で持っているので、その姿がとてもいやらしかった。

唾液でべとべとになるまで舐めつづけると、

「ぁああ、ねえ……じかにちょうだい。破ける？」

「えっ……破くんですか？」

「そう……パンティストッキングを引き裂いて……大丈夫。簡単にできるはずだから。わたし、そういうのが趣味でもあるのよ……だから、ああ、破って……」

せがむように、下腹部をくねらせる。

（玲菜さん、女王様だと思っていたけど、そうじゃないのか？　むしろ、Mなんじゃないのか？）

意外だった。

パンティストッキングを破くなど初めてだ。上手くできるんだろうか？　だけど、興味がないわけではない。シームの横のほうに手をかけて、思い切り引っ張ったものの、伸びるだけで破れない。

（そうか……こういうのは、裂け目さえ作れば……）

引っ張っておいて、伸びて薄くなった部分に爪を立てて、ぐいっと力を込めると、裂け目ができた。そこに指をかけて思い切り引っ張ると、
ピリピリ──。

パンティストッキングが一気に裂けていき、楕円形の開口部ができた。さらに引っ張ると、簡単に破れて、裂け目がひろがった。

下腹からお尻にかけて、大きな穴が開き、そこから、素肌とともに濃い繊毛が解き放たれたようにむわっと現れる。

「ぁああん、いや……」

玲菜が一転して恥ずかしがって、内股になる。

そうなると、亮介はサディスティックな気持ちになった。閉じそうになる膝をつかんでぐいと開き、翳りの底に顔を埋めると、

「ぁああああ……！」

玲菜は嬌声をあげて、身体をよじった。

高慢な女がか弱い女のように身悶えをする。そのギャップにかきたてられ、膝をさらに開かせた。

持ちあがってきた女の割れ目を舐めると、舌が濡れた溝ですべって、

「ぁあああ、あああ……いい。いいわ……ぁああうぅ、もっとして。もっと……ぁあああ、いい」

玲菜があからさまな声を放ちながら、下腹部をせりあげたり、引いたり、横に振ったりする。とろっとした蜜とともに磯の香りがひろがってきて、

「ああ、欲しい。入れてちょうだい……来て！」

玲菜はソファから立ちあがって、亮介の手をつかんで、オープンキッチンへと向かった。

高級マンションそのものの、豪華なシステムキッチンが並ぶ広いキッチンだった。

そこで玲菜はブラジャーを外し、スカートも脱いだ。かけてあったピンクの胸当てエプロンをつけて、腰の後ろでリボン結びでエプロンを留める。

（こ、これって……裸エプロン？）

アダルトビデオでは見たことがあるが、もちろん実際に目にするのは初めてだ。

「ひさしぶりにしたくなったわ……うちの人とは新婚当時にしたんだけど……主人、若い子が好きみたいなの。失礼しちゃうわ。三十六歳だって、充分魅力的なはずなんだけど……」

「ああ、はい……玲菜さんはすごく若いし、セクシーだし、モデルみたいです」

「ありがとう……ねえ、ちょうだい。もう、我慢できないの」

玲菜はシステムキッチンに両手を突いて、ぐいと尻を突きだしてきた。

「ねえ、ちょうだい。ちょうだいな」

誘うように、くなくなと腰を揺すった。

それを見て、股間のものが嘶いた。

すべすべの背中はほぼ見えてしまっていて、エプロンの横から丸々とした乳房がはみだしていた。そして、リボンの紐が垂れる尻は肌色のパンティストッキングが無残に破れ、茹でタマゴみたいな素肌の尻がのぞいてしまっているのだ。

「ねえ、早く、ここよ」

玲菜が右手を腹のほうから伸ばして、左右の肉びらに添え、ぐいと開いた。

（ああ、すごすぎる！）

Ｖ字の指の間に、鮭紅色にぬめる肉の花が開いていた。しかも、そこは透明な蜜があふれていて、ぬらぬらと光っている。

「こうしたほうが、入口がよくわかるでしょ？　いいわよ、ここに……」

早く入れて、とばかりに腰をくなっとよじった。

亮介はいきりたつものをとば口に押し当てて、慎重に腰を入れていく。

切っ先が狭い入口を突破する感触があって、あとはにゅるにゅるっとすべり込んでいき、

「ぁあああ……！」

玲菜は両手をキッチンに置いて、勢いよく背中をしならせた。

「くうっ……！」

と、亮介も呻いていた。キツキツだった。しかも、なかは熱いと感じるほどに温かく、肉襞がざわざわしながら、からみついてくる。

紗江子のミミズ千匹と、結子のキンチャクを合わせたような女性器だった。

ストロークをしたらすぐにでも放ってしまいそうで、奥歯を食いしばってこらえていると、焦れたように腰が動きはじめた。

玲菜は全身を前後に打ち振って、尻を下半身にぶつけるように屹立を奥へと招き入

れながら、

「あんっ……あんっ……ぁああ、硬いわ。硬くて、ズンズンくるの……ぁあああ、あっ、あっ、ぁああんん……」

尻を突きだしながら、ぐりんぐりんと腰をまわす。

（ああ、すごい……！）

亮介はもたらされる歓喜を味わう。

裸エプロンは男の夢だ。ビデオを見ながら、亮介もいつかこうしたいと願っていた。その夢がこんなに早く叶うとは……。

エプロンのサイドからのぞくたわわな横乳がセクシーすぎた。

たまらなくなって、前に屈み、両サイドからエプロンのなかに手を突っ込んで、じかに乳房を味わった。柔らかくて、量感もあるふくらみをモミモミすると、それが手のひらのなかで柔らかく弾んで、

「ぁああ、こんなこともできるのね……ぁああ、ダメっ……乳首、弱いの。ぁああ、ダメよ。そこはダメっ……ああ、ぁあああ、気持ちいい……」

乳首を捏ねると、たちまち乳首がカチカチになって、玲菜はもっととばかりに突きだした腰をグラインドさせる。

亮介は両手でエプロンのサイドをつかみ寄せて、思い切り腰を叩きつけた。パチン、パチンと乾いた音が撥ねて、

「あんっ、あんっ、あんっ……ぁあああ、イキそう。わたし、もうイッちゃう……いいのね。イッていいのね？」

「はい……イッてください。俺も……俺も……」

つづけざまに打ち込むと、包容力も緊縮力もある肉の道がぐいぐい締まってきて、そこを摩擦しながら奥へと届かせているうちに、亮介もこらえきれなくなった。

「ぁあああ、出ます。俺も出します」

「いいのよ。若い精子をちょうだい。ぁああ、あんっ、あんっ……イクわ。イク……イク、イク、イク……」

「くうぅ、出します」

「ああ、ちょうだい……今よ、今……やぁああああぁぁぁぁ！」

玲菜がのけぞって、がくがくしはじめたのを見て、止めとばかりに一撃を叩き込んだとき、亮介も至福に押しあげられた。

3

寝室のキングサイズのベッドの上で、亮介は玲菜の情熱的なフェラチオを受けていた。

ベッドに大の字に寝た亮介の股間に、玲菜がしゃぶりつき、お掃除フェラをかねて復活させようとしている。

しかも、いまだ裸にエプロンをつけたままなので、亮介の分身はふたたび力を漲らせる。

「ふふっ、すぐにカチカチになった。若いって素晴らしいわ。うちのなんか、この前したときも全然勃たなかったのよ。浮気相手の前じゃあ、きっとギンギンにしているんでしょうけど……失礼よね？」

「そ、そう思います。玲菜さんのような美人相手に勃たないなんて、信じられませんよ」

「ありがとう……あなた、女の扱いが上手いわよ。少し前までは童貞くんだったんでしょ？」

「はい……」

「それにしては……女たらしの才能があるのかもしれないわね。顔も体も大したことないのに、なぜか憎めないのよね。かわいがってあげたくなる……それに、ここはココナッツミルクの香りがするし……」

玲菜は股ぐらからこちらを見て、長い黒髪をかきあげた。

それから、いきりたったものに唇をかぶせて、ゆったりとすべらせる。

エプロンだけをつけているので、とてもいやらしい。

襟元からは、深い谷間とたわわな乳房がのぞいているし、持ちあがった腰にはエプロンの蝶々のような結び目が尻たぶの割れ目に垂れているのが見える。

ジュル、ジュルッと卑猥な音とともに肉棹をすすった玲菜は、ちゅぽんっと吐き出して、下半身にまたがってきた。

ピンクのエプロン姿で片膝を立て、屹立をつかんで導きながら、ゆっくりと沈み込んできた。すると、切っ先がとば口を押し広げていき、滾った肉の坩堝に吸い込まれていき、

「あああ、硬い……！」

玲菜はかるくのけぞって、両手を亮介の胸板に突いた。もう一刻も待てないといっ

た様子で、腰を前後に揺すりだした。

ものすごい光景だった。

客の奥様が裸にエプロン姿で、自分のおチンチンにまたがって、いやらしく腰を振っているのだ。

ぐい、ぐいと前後に腰を振って、濡れ溝を擦りつけ、さらに、尻を縦に振ってストロークを味わい、枝垂れ落ちた黒髪をかきあげて、亮介を潤んだ目で見た。

「ああ、いいわ……ねえ、オッパイを……」

「こ、こうですか？」

亮介は両手をあげて、エプロン越しに乳房を鷲づかみにする。たわわなふくらみがしなって、

「ああ、そうよ……そう……ぁああ、あああ、いい……」

玲菜は前傾しつつ、腰をしゃくりあげるようにして、勃起を揉み抜いてくる。

「おっ、あっ……くっ！」

分身がすごい勢いで摩擦され、振りまわされて、亮介はもたらされる快感を奥歯を噛んでこらえる。

「あああ、もっと、もっと強く。胸をもっと……強く！」

玲菜にせがまれて、亮介はさらに力を込めて、ふくらみを揉みしだく。

「そうよ、そう……乳首をつまんで。もっと、もっと強く、ひねり潰してちょうだい」

玲菜が眉根を寄せて、ぐいと胸を突きだしてくる。

(いいのか、絶対に痛いぞ……いいのか?)

こわごわと突起をつまみ、ぎゅっと押し潰さんばかりに圧迫して、右に左にねじる。

「うっ……くっ……」

「やめましょうか?」

「つづけて、つづけてちょうだい。そうよ、そう……ぁああ、たまらない!」

玲菜はつらそうに眉根を寄せながらも、尻を後ろに突きだし、そこから、前にせりだして、陰毛を擦りつけるようにして、

「くっ……くっ……ぁああ、気持ちいい……突きあげて。あなたのおチンチンでオマ×コを壊して……ダメっ、乳首はつまんだまま」

亮介はためらった。しかし、玲菜が「して、して」とせかしてくるので、膝を立てて踏ん張り、乳首をつまみながら、思い切り腰を撥ねあげる。

すると、玲菜はますます前に屈みながらも、

「あんっ……あんっ……あんっ……ぁああ、いい……メチャクチャにして。わたしをメチャクチャにしてちょうだい」

長い髪を振り乱して、今にも泣きださんばかりに眉を八の字に折る。

（そうか……玲菜さんは日常では高慢だけど、セックスではその逆なんだな）

いざセックスとなると、人が変わるのだろう。

しかし、そのギャップがとてもそそられる。

この前、エッチ系の雑誌で、中年の男性のインタビューが載っていて、『女はセックスで変わる。他の誰にも見せない女の顔を、自分にだけ見せてくれるから、男はうれしいんだ。だから、俺は日常では澄ました顔をしている女が好きだ。そういう女はベッドで乱れると、とんでもないことまでしてくれるからね』というようなことを言っていた。

玲菜さんはさしずめその代表格だろう。

（よし、もっと感じさせて、正体を見極めてやる）

亮介は胸当てエプロンの首にかかっている紐を外して、エプロンをぐいと腰までさげた。

すると、たわわな乳房がぶるんとこぼれでた。

下側の充実したふくらみが上の直線的な斜面を持ちあげたようなエロい形をしていて、薄茶色の乳首がツンと上を向いている。

しかも、色白で薄く張りつめた乳肌からは、青い血管が網の目のように透けだしていた。

「ああん、いやっ……」

玲菜は恥ずかしそうに乳房を手で隠したが、その羞じらい方には男に媚びているような色気が感じられる。

前屈してもらい、胸の内側に潜り込むようにして、乳房にしゃぶりついた。

これは体験しているから、だいたいのやり方はわかる。

柔らかくて量感のある乳房に顔を埋めるようにして、うぐうぐと吸いながら、乳輪ごと頬張る。ぐにゅぐにゅするうちに、突起がますます硬くしこってきて、それを舌で弾くと、

「あんっ……あんっ……んんんん、ぁあああ、気持ちいい……ぁあああ、腰が止まらない」

玲菜は後ろに突きだした尻を前後させるので、屹立が体内を擦りあげていくのがわかる。

（こうしたら、どうだ？）

乳輪ごとぐいっと甘噛みすると、

「ぁあああ……！」

玲菜はバサッと髪を揺すりあげる。そのとき、膣の入口がぎゅ、ぎゅっと勃起を締めつけてきて、その快感に亮介は「うっ」と奥歯を食いしばる。

それをこらえて、また乳首を甘噛みし、もう一方の乳首も指でつまんで強く捏ねる。

赤ん坊のように乳首を吸い、しゃぶり、甘噛みしながら、もう片方の乳首を捏ねつづけていると、玲菜の気配がさしせまったものになった。

「あんっ……あんっ……んっ……んっ……」

くぐもった声あげつつも、ぶるぶるっと身体を震わせている。ついには、

「ダメ、ダメ、ダメッ……イッちゃう。また、イクぅ……」

そうしないといられないといった様子で、亮介にしがみついてきた。

亮介は本能に命じられるままに、腰を突きあげた。

膝を曲げ、スレンダーで余分な肉のないウエストや背中を抱き寄せ、思い切り下から撥ねあげる。

すると、いきりたった肉棹が斜め上方に向かって膣を擦りあげていき、パン、パン、

パンと音がして、

「あっ、あっ、あっ……ぁあああ、イク、イキます……くっ！」

玲菜は腰を激しく波打たせ、それから、ぐったりとして身をゆだねてきた。

（ああ、イッたんだな……すごいぞ、俺……）

ひとつのことをなし遂げた達成感が押し寄せてくる。

何よりもすごいのは、まだまだ亮介のイチモツは元気なままでいることだ。

4

ぐったりしている玲菜を仰向けに寝かせて、両膝をすくいあげた。

上半身はあらわになっているが、はだけたエプロンが下半身にまとわりついている。

そのエプロンがまくれあがって、開いた太腿の奥には漆黒の翳りが撫でつけられたように、下の口に向かって流れ込んでいた。

（このへんのはずだが……）

繁みの下のほうを切っ先でさぐってみたが、何かに阻まれてしまう。

（うん、もっと下か……？）

体位によって、女性の割れ目の位置が微妙に違うから、難しい。

さらに下のほうをさぐりながら腰を入れると、亀頭部が狭い入口を押し広げて、濡れた窪みに嵌まり込んでいく感触があって、

「ぁああ……入ってきた。ぁあああ」

玲菜がほっそりした顎をせりあげた。

（おおぅ、やっぱり、気持ちいい……！）

亮介も唸る。もう何度目かの挿入のせいか、それとも、玲菜が何度も気を遣ったせいか、粘膜はいっそうぐにぐにして、柔らかくまとわりついてくる。しかも、全体が波打つように締めつけてくるのだ。

（女の人のここって、すごい。女性はすごくいやらしい生き物を飼っているんだな）

本人でさえこの多情な生き物を飼い馴らすのは、かなり大変だろう。

奥様方もこの生き物を満足させるために、亮介のようなどうにでもなりそうな、つまり、抱かれても大して支障のなさそうな若い男を相手にしているのだ。

（いや、理由などどうでもいい……今はこのぐにぐにしたオマ×コを味わいたい）

亮介は両膝の裏をつかんで開かせ、膝が腹につかんばかりに押さえつけ、上からぐいぐい押し込んでいく。

すると、柔らかくまとわりつく肉襞を切っ先が押し広げていって、

「あんっ、あんっ……ぁあああ、いいわ……あなたの硬くて、突き刺さってくるのよ……ねえ、奥を、奥を突いて」

玲菜が顔をこちらに向けて哀願してくる。

紗江子が、女性は浅いところが感じるタイプと奥を突かれることで悦びを感じるタイプがあると言っていたが、玲菜は後者、つまり、奥がいいのだろう。

ならばと、亮介は腰を大きく持ちあげ、反動をつけた一撃を叩き込む。

ぐんっ、ぐんっと奥まで突くと、肉棹の全体が包み込まれる感触があって、

「あんっ！　あんっ！　そうよ、そう……当たってる。あなたのおチンチンが子宮を突いてくる……ぁああ、許して……許してよぉ」

玲菜はそういいながらも、両手を頭上にあげて、右手で左手首をつかんだ。

きっとこういう姿勢が感じるのだろう。

さらに打ち込んでいくと、玲菜の身体が前後に揺れ、形のいい乳房もぶるん、ぶるると縦に波打つ。

その豪快な乳房の揺れが、いかに玲菜が強い衝撃を受けているかを伝えてきて、亮介はいっそう気持ちが昂（たかぶ）る。

ズンズンと打ち込んでいくうちに、亮介も一気に高みへと押しあげられた。しかし、まだ射精したくない。

玲菜はさっき、自分をメチャクチャにしてほしいと言った。

きっとそういう被虐願望みたいなものがあるのだ。それを満たしてあげたい。女性の願いを叶えさせてあげたいと思うのは、男の本能ではないのか？

亮介は足をつかんでV字に伸ばし、そこに腰を叩きつける。

「ぁあん、これ……すごい、すごい……ぁああ、あああ、ぁああうぅぅ」

玲菜は顔を左右に振りながらも、両手を頭上で繋いだままだ。

右手で左手が変色するほどに、強く、手首を握っている。

（そうか……こうしたら……）

亮介は足を放して、覆いかぶさっていく。

そして、玲菜の頭上にあげられた手を上からぐっと押さえつけた。

右手で押さえつけ、左手を横に突いてバランスを取りながら、ぐいっと深いところに押し込むと、

「うあっ……！」

玲菜が顎を大きくのけぞらせた。

きっとこれがいいのだろうと、つづけざまに叩き込むと、

「あん、あん、あんんっ……ぁああ、気持ちいい。死んじゃう。気持ち良すぎて、死んじゃう！　やぁああ、んっ、んっ……ぁああ、あああぁ……」

玲菜は顔を左右に振り、眉を八の字に折って、高まっていく。

今までとは違う。すごく感じている。きっと、死にそうなほどに感じているのだ。

亮介が前に体重をかけながら、ぐいぐいと屹立でえぐっていくと、玲菜はもう何が何だかわからないといった様子で顔を振り、顎をせりあげる。

自ら足を深く曲げて、勃起を深いところに導いている。

そうしながら、打ち込まれる衝撃を体内でふくらませている感じだ。きっとこうやって、無理やり犯されるような感じが好きなのだ。

その日常とは真逆の態度が、サディズムをかきたててくる。

(俺にもこういう気持ちがあったんだな)

亮介は玲菜を組み伏すような姿勢で、ずんずん突き刺していく。柔らかくからみついてくる粘膜を擦りながら、えぐりたてていく感触が心地よい。

揺れる乳房をぐいとつかんだ。

たわわなふくらみを荒々しく揉みしだき、そそりたっている乳首を押しつぶすよう

に転がす。

　すると、玲菜は湧きあがる快感をどうしていいのかわからないといった様子で、身悶えをし、顔をのけぞらせ、今にも泣きださんばかりに眉根を寄せて、

「あああ、あああ……イク。イキそう……来て。あなたも来て……ちょうだい。若い精子をちょうだい……ぁあああ、今よ……メチャクチャにして」

　息も切れ切れに訴えてくる。

　亮介ももう我慢できないほどに高まっていた。

「くうぅ……イケよ。メチャクチャにしてやる。そうら……うおおおっ！」

　吼えながら、ぐいぐいと屹立を叩き込んだとき、

「イク、イク、イク……ぁあああああ、死んじゃう！　ぁあああぁぁぁぁぁ！」

　玲菜が顎を突きあげて、大きくのけぞった。

　駄目押しとばかりに深いところに届かせたとき、亮介も放っていた。

「あああ……！」

　吼えていた。腰が勝手に躍りあがっている。

　すごい勢いで放出される体液が、玲菜の奥へと吹きつけられるのを感じる。いったん止んだと思った射精がまたはじまり、しぶかせる歓喜が全身を包み込む。

いつまでもつづくかと思われた射精がやんで、亮介は全身の力が抜けて、がっくりと覆いかぶさっていく。

しばらくぐったりしていた玲菜が、髪を撫でてくれた。

「すごかったわよ。ぁああ、あそこが……」

力強さを失った肉棹を、柔らかさを増した膣がきゅ、きゅっと締めつけてきて、その快感に亮介は唸る。

まだできるような気がしたが、いったん結合を外し、すぐ隣に横になる。

すると、玲菜が身体を寄せてきた。にじりよってきて、亮介の腋の下に顔を埋めて、くんくん匂いを嗅ぎ、

「ふふっ、ココナッツミルクの甘い匂いがする」

玲菜は胸板にも顔を寄せて、

「すごいわ。全身から、ココナッツミルクの香りがする。ああん、舐めたくなっちゃう」

玲菜が腋の下を舐めてくる。

女の人の小さな舌でちろちろと腋の下をくすぐられ、同時に、股間のものをさわさわされると、それがまた力を漲らせてきた。

「ねえ、また大きくなってるわよ」
「す、すみません」
「いいのよ。謝ることじゃない。むしろ、誇っていいんじゃないの。また、呼ぶから
そのときは来てね。絶対よ」
「ああ、はい……努力します」
「あなたは絶対に来る。断れないようにしてあげる」
玲菜の顔がおりていった。ストレートロングの髪が肌をくすぐりながらさがってい
き、やがて、股間のものを舌でねろねろと撫でられると、信じられないことに、また
イチモツがいきりたった。

第五章　熟妻たちの思惑

1

（ああ、俺、もう一回できるのか？）

期待に胸ふくらませていたとき、
コン、コンッ――。

窓をノックするような音がした。

エッとびっくりして音がするほうを見たとき、心臓が止まったかと思った。

寝室のカーテンは真ん中が少し開いていて、うつむいた女の人がコン、コンッと掃きだし窓を拳で叩いているのだ。

（誰だ？）

最初に頭に浮かんだのは、店長の奈緒だった。

あまりにも帰りが遅いのを心配して、奈緒が訪ねてきてくれたのではないか？

しかし……。

女の人が顔をあげたとき、誰かがわかった。

市村紗江子だった。ママ友会のリーダーである紗江子が眉根を寄せて、怖い顔でこちらを見ている。

覗かれていたのだ。

ここはマンションの一階だから、どうにかして庭に侵入すれば、部屋のなかを覗くのは難しいことではない。外には亮介のキャノピーが停めてある。それを見て、亮介がここの住人である菱田玲菜のところに来ているとわかったのではないか？

（マズい！　ヤバすぎる！）

怯えたとき、玲菜がベッドから立ちあがって、エプロンを外した。真紅のガウンを裸身にまといながら、サッシ窓に向かう。

その前に立ったので、玲菜と紗江子はサッシを真ん中に、対峙する形になった。

（ああ、ヤバいぞ！）

亮介はこの場を立ち去りたかった。だが、体がすくんでしまって、まったく動かない。

二人の視線がバチバチと火花を散らした。

紗江子はきっと自分が筆おろしをした男を、玲菜に寝取られたと感じているに違いない。

ワンピースにカーディガンをはおった紗江子が、サッシを開けるように手で示した。

しばらくじっと何かを考えていた玲菜が、内鍵の鍵を外し、サッシを開けた。

冷気とともに、紗江子が靴を脱いで、あがり込んできた。

自らサッシを閉め、玲菜の前に立って、真っ直ぐに玲菜を見た。

「玲菜さん、勝手なことをされては困るのよ」

昂然として言う。

玲菜は一歩も引かずに、無言のまま腕を組んでいた。

すごい修羅場だが、どこかエロチックに感じてしまうのは、二人とも美人だからだろうか？

「結子さんが教えてくれたのよ。こういう事情で、あなたが今夜、この子をマンションに呼ぶからって……」

「……結子さんだって、同じことをしているじゃないの」

玲菜が言い返す。

「そうね。だけど、結子さんはわたしにすべてを打ち明けて、謝罪をしたわ。だから、許してもいいと思っているの」

優雅に答えて、紗江子はベッドに腰かけた。

亮介は仰臥して布団をかぶっている。その布団をつかんで一気に剥がれ、亮介はとっさに股間を隠す。

「きみ、シャワーを浴びていらっしゃいな。汚れているところをきれいにしてくるのよ。きみには聞かせたくない話なの。シャワーを浴びてきれいに洗い清めたら、すぐに戻ってくるのよ。いいわね？」

紗江子は優雅だが、断ることのできないカリスマ性を持っていた。

ちらっと見ると、玲菜が「そうしなさい」とでも言うようにうなずいたので、亮介は急いでベッドを降りて、バスルームに向かう。

高級マンションらしい広々としたバスルームで、シャワーを浴びて、体を洗う。

その間も、二人は何を話し合っているのか、気が気でない。

できれば出たくなかった。だが、結果を知りたいという気持ちもある。

体を洗っていると、そこに裸の玲菜が入ってきた。

うつむいて、がっくりしている。

「あなた、紗江子さんの相手をしてあげて」

「えっ……？」

びっくりして、亮介はシャワーを止めた。

「そういうことになったの……あなたがいやなのはわかるのよ。でも、いろいろと事情があって……あとで、わたしも行くから」

さっきまであんなに攻撃的だったのに……。何か弱みのようなものを紗江子に握られているのかもしれない。

それに、亮介は紗江子のことはまったくいやではない。むしろ、自分を男にしてくれたありがたい存在だと感じている。

「わかりました……あ、あとで玲菜さんもいらっしゃるんですか？」

「ええ、行くわ……それまで、つらいとは思うけど、彼女の相手をしてあげて。わかったわね？」

無言でうなずいて、亮介はバスルームを出た。脱衣所で体を拭き、バスタオルを腰に巻いて、寝室に向かう。

部屋に入って、驚いた。いや、これは予想できたことだ。

黒いスリップ姿の紗江子がベッドに入って、上体を立てていた。

亮介を見て、ふっと口許をゆるめ、

「いらっしゃい。大丈夫よ。玲菜さんとは話がついているから」

手招かれる。

「でも……ほんとうにいいんですか？」

「大丈夫。いいから、いらっしゃい」

亮介はバスタオルを外して、おずおずとベッドにあがり、すぐ隣に体をすべりこませた。

すると、紗江子は仰臥した亮介にまたがるようにして、上から見つめてきた。

「結子さんと玲菜さんに聞いたわよ。きみ、随分と上達したようね。二人ともすごく良かったって……きみのセックス」

ウエーブヘアをかきあげて、艶めかしく微笑む。

「誰のおかげ？」

「もちろん、紗江子さんです」

「そうよね。わたしが丁寧に教えてあげたから。だって、きみはわたしが初めてだったんだもの……少しは感謝してほしいわ」

「もちろん感謝しています」

「……だったら、それを見せてほしいな。きみがどれだけ上達したか、見せてちょうだい」

そう言って、紗江子は髪をかきあげながら顔を寄せ、唇を合わせてきた。

ついばむようなキスをして、舌を差し出して、唇を舐めてくる。

そのぬらつく舌が気持ち良くて、亮介は自分から唇を合わせにいき、後頭部を抱き寄せる。

すぐに舌が伸びてきたので、亮介も舌を出して応戦する。ちろちろと舌先をからませると、

「ふふっ……確かに上手になった。全然、物怖じしなくなったわ」

紗江子は眦(まなじり)をさげ、舌を押し込んできた。

めらり、ぬらりと柔らかな舌が口腔をなぞってくる。たまらなくなって、その舌を頬張るようにして吸い込むと、

「んんんっ……！」

紗江子がびっくりしたのか、突き放そうとする。

亮介はその顔を抱き寄せて、逆襲に出る。自分から舌を差し込んで、紗江子の舌を

舐めると、

「んんっ……んんんっ……」

紗江子も舌をからめながら、ぎゅっとしがみついてくる。顔を離すと、

「やるじゃないの。きみ、童貞を卒業してまだ一カ月経ってないでしょ？　おかしくない？　進歩が早すぎるわ」

「……みなさんのおかげです。あの……好きなようにしていいですか？」

「自信満々ね。いいわよ……わたしを感じさせて。好きにしていいのよ」

「はい……！」

亮介は結子の指南を思い出し、今度は逆に紗江子を寝かせて、鎖骨を舐める。

肩にかかった黒い肩紐を外し、浮きでている左右の鎖骨に舌を這わせる。

「あんっ……あああ、こんなこと誰に教わったの？　上手よ、上手……ぁああ、感じちゃう……ぞくぞくする……ああん、そこはいやっ！」

紗江子が腕をぎゅうと閉じようとする。

その腕をつかんで開かせながら、腋の下に顔を押し込んで、つるっとした腋窩の匂いを嗅ぎ、窪みにそっと舌を走らせた。

すると、紗江子は「あんっ！　あんっ！」と声をあげて、身体をくねらせる。

甘い体臭のこもった腋をちろちろと舌でくすぐり、二の腕の内側をツーッと舐めあげていくと、

「ぁあああ……気持ちいい……上手よ。ほんとうに上手くなった。ぁあああ、ぁあああああ、いや、いや……」

紗江子がそこは恥ずかしすぎるとばかりに、身体をよじった。さらに腋の窪みにキスを浴びせ、舐めると、

「ぁあああ、あああ……いやあ、腰が動いちゃう……勝手に動くのぉ」

黒いスリップが張りついた下腹部が、ぐぐっ、ぐぐっとせりあがってくる。

亮介は二の腕を舐めながら、胸のふくらみを揉みしだく。

すべすべした光沢のあるスリップごと乳房をつかんで、揉みあげながら、二の腕や腋の下に舌を走らせる。

「ぁああ、切ないわ……じかに触って。じかに揉んでちょうだい」

紗江子がせがんできた。

亮介は肩紐を両方外して、スリップを押しさげていく。すると、ゴム毬（まり）みたいなたわわな乳房がこぼれでて、その豊かさに圧倒されながらも、先端にしゃぶりついていく。

青い血管の透けでた色白のふくらみを揉みしだきながら、乳首をれろれろっと舌で弾く。チューッと吸って、なかで舌をからませる。

「ぁああ、ああ……いい……いいのよぉ……ぁああ、ねえ、ねえ……」

紗江子がもう我慢できないとばかりに腰をぐいぐい突きあげてくる。

柔らかな黒のシルクが下腹部に張りついて、左右の太腿と恥肉の織りなす窪みがすごくいやらしい。

亮介が右手をおろしていき、スリップ越しに窪みを手で包み込むようにすると、

「ぁあああ、そうよ、そう……ぁああ、あああ、もっと、もっと強く」

紗江子はブリッジでもするように腰を撥ねあげて、下腹部を擦りつけてくる。

「ぁああ、ああ、欲しくなった」

紗江子は亮介を仰向けに倒し、亮介にお尻を向ける形でまたがってきた。

シックスナインの形でぐいと尻を突きだしてきたので、黒いスリップがまくれあがって、真っ白な尻たぶがこぼれでた。やはり、ノーブラノーパンだった。

充実したヒップの割れ目に、茶褐色のアヌスが鎮座し、その下に女の花園が息づき、典雅な花びらがひろがって、内部の赤い潤みがぬめぬめした光沢を放っていた。

「ああ、このフレグランス……シャワーを浴びても、全然匂いは落ちないのね。甘い

けど、ちょっと生臭くて……そそられるわ。ほんと、媚薬ね……」
喘ぐような息づかいとともに、紗江子が頬張ってきた。
ぱっくりと奥まで咥え、ジュルル、ジュルルッとわざと唾音を立てて、吸い込み、
さらには、「んっ、んっ、んっ」と大きく顔を打ち振る。
垂れた髪が股間をくすぐってくる。ふっくらとした厚めの唇がしっかりとホールド
して、敏感な箇所を往復する。
(ダメだ。出ちゃう……こういうときはクンニに集中して……)
亮介は顔を持ちあげて、両手で陰唇をひろげた。ぬっと現れた粘膜を舐める。ぬる、
ぬるっと舌を這わせ、膣口のあたりに吸いつき、舌を押しつけながら、全体を押すよ
うに舐めると、
「くっ……くっ……ぁあああああ」
咥えていられなくなったのか、紗江子が肉棹を吐きだして、上体を反らせた。
今だとばかりに、亮介は膣口に舌をできるだけ押し込み、その濃い味覚を感じなが
ら、粘膜に口許を擦りつけた。
「ああ、それいい……ぁああ、ああぅ……」
紗江子は快感にのけぞりながら、怒張を握って、せわしなくしごいてくる。

亮介は攻撃目標を変えて、下のほうの突起に吸いついた。甘ったるい性臭のなかで、クリトリスを吸うと、これがいいのか、紗江子の腰がぶるぶると震えはじめた。そして、

「ぁあああ、ちょうだい。これをちょうだい！」

もう我慢できないとばかりに肉棹を握りしごき、腰を突きだしてくる。

亮介は紗江子の下から這いだして、真後ろについた。

充実しきった尻を引き寄せ、いきりたつものを押し当てた。バックからはもう何度もしているから、だいたい孔の位置はわかる。思っていたより上のほうだ。

臍に向かおうとする勃起を押さえつけ、切っ先を尻の孔のすぐ下に当てて、静かに腰を進めていく。

すると、斜面に沿って亀頭部がすべり落ちていき、温かくてぬるっとしたものに嵌まり込んでいって、

「ぁあああ……すごい……カチカチよ……ぁあああ、奥に入ってきた」

紗江子がシーツを鷲づかみにして、「くっ」と低く呻く。

亮介も湧きあがった快感をいなそうと、じっとしている。だが、いつもよりは逼迫した感じはない。たぶん、さっき玲菜を相手に射精しているからだ。

もともと体力だけには自信がある。

(これなら、紗江子さんをイカせることができるかもしれない)

亮介は見事にくびれたウエストをつかみ寄せて、後ろからぐいぐい突いた。

「うっ、うんっ、うんっ」

と唸りながら腰を突きだすと、鋭角にそそりたった肉の塔が蕩けた肉路をうがっていく。四つん這いの姿勢のせいか、とても窮屈に感じる。

とくに入口が肉棹を締めつけてきて、ストロークをするたびに、根元のほうを絞られて、気持ちがいい。

「あん、あんっ、あんっ……ああ、ずっと上手くなった。それに、きみのおチンチン硬いから、ダイレクトに奥に当たる。ぁああ、奥が、奥に……あん、あんっ……」

紗江子が喘ぎをスタッカートさせて、黒いスリップのまとわりつく身体を前後に揺らす。

(よし、いいぞ!)

さらに叩き込もうとしたとき、目の縁を何かがかすめた。

ハッとして見ると、いつの間に入ってきたのか、ここの奥様である玲菜がバスローブ姿で、婉然と微笑んでいた。

ええっと思って動きを止めると、「つづけて」と玲菜がウイスパーで囁いた。はっきりと声に出していないので、紗江子には聞こえていないはずだ。

紗江子は下を向いて、「あん、あん、あん」ともたらされる快感を貪っているから、玲菜の登場には気づいていないのだ。

玲菜は腕を組んで、「いいのよ。つづけて」と言わんばかりに大きくうなずく。

女の人に見られているところで、他の女性とセックスするなんて、もちろん初めてだ。ためらいはある。しかし、勃起を包み込んでくる紗江子の膣が、このままつづけなさい、とうながしてくる。

(ええい、かまやしない。こうなったら、やるしかない！)

細腰をつかみ寄せて後ろからがんがん突いていると、玲菜が紗江子に気づかれないように背後から静かに近づいてきた。

バスローブを肩から落とし、ベッドにそっとあがってキスをしてくる。

まさかの行為に仰天しながらも、亮介は唇を合わせる。舌をからめながらも、腰だけはつかって、紗江子をバックから突いた。

「あん、あんっ、あんっ……」

喘いでいた紗江子が違和感を覚えたのだろう、いきなり、後ろを振り返った。

「ちょっと玲菜さん、何してるの？　あなたの出番はわたしの後だって言ったでしょ！」

「見ていたら、我慢できなくなったの。いいでしょ？　一度でいいから3Pをやってみたかったの。二人で青木くんをかわいがってあげましょうよ。お願い。今しかチャンスはないと思うのよ」

玲菜がまさかのことを口にした。

紗江子はためらっていたが、玲菜にうながされて亮介が後ろから突くと、

「あっ、やめて……やめなさい……ぁあああ、ダメっ……あんっ、あんっ、あんっ」

顔を上げ下げして、こらえきれないといった声をあげる。

それを見て、玲菜が背中を撫ではじめた。

紗江子は両肘を突いて腰を高く持ちあげているので、背中が反っている。色白できめ細かい背中を、マニキュアされたしなやかな指が、まるで刷毛のようにスーッ、スーッと柔らかく撫で、

「やめて、やめなさい……あっ……あんっ……」

紗江子がびくっ、びくっと身体を震わせる。

そのたびに、膣も強烈に締まって、亮介も「うっ」と奥歯を食いしめる。

「ふふっ、紗江子さん、すごく敏感なのね。羨ましいわ、後ろから嵌められながら、もうひとりに愛撫されるなんて、わたしもされてみたい……」

そう言って、玲菜は背骨に沿ってゆっくりと撫でおろし、尻のほうから今度は撫であげていく。亮介が見とれていると、

「さぼらないで」

玲菜に叱責されて、「ああ、すみません」と亮介は後ろから腰を叩き込む。

「あん、あんっ、ぁあん……」

紗江子が艶めかしく喘いで、玲菜が背筋を愛撫しながら、訊いた。

「紗江子さん、気持ち良さそう……気持ちいいの？」

「ええ……気持ちいい……ねえ、玲菜さん、頼みがあるの」

「なあに？」

「胸を……胸を触ってちょうだい」

「あらっ、紗江子さんも胸が弱いのね。わたしもそうなのよ」

玲菜がストレートロングの髪をかきあげて、覆いかぶさるように、両手を身体の下へと持っていく。たわわな乳房を下から持ちあげるように揉みしだき、乳首をつまんでくりっ、くりっと転がす。

「あっ……それ……ぁあああ、ああああああ、ぁああああああ……腰が勝手に……」

紗江子がもう我慢できないとでも言うように、腰を前後に打ち振って、ストロークをせがんでくる。

「紗江子さんもこうされると感じるのね。わたしもそうなのよ……これは、どう？」

はっきりとは見えないが、玲菜が乳首をノックするように小刻みに叩いているようだ。時々、つまんでキューッと引っ張り、伸びたところを左右に捏ねる。

すると、紗江子の気配が変わった。

「ぁああ、あああ……気持ちいい……気持ちいいの……ぁあああああ、あん、あんっ、あんっ……イッちゃう。イキそう！」

亮介がストロークを強くすると、紗江子は顔を激しく上げ下げして、シーツが持ちあがるほど鷲づかみし、ぶるぶると小刻みに震えはじめた。

「いやらしい、紗江子さん。イクのね。二人を相手に気を遣るのね」

「ああ、ゴメンなさい……でも、我慢できない。ぁあああ、イカせて。お願い、イカせて！」

「いきますよ」

亮介は腰をつかみ寄せて、スパートした。思い切り叩き込む。

放ちそうになるのを必死にこらえて、奥まで連打していると、

「イク、イク、イッちゃう……ぁああ、あああああ、イクっ……ぁあああああああぁぁぁぁぁ、くっ！」

紗江子は躍りあがるようにしてのけぞり返り、どっと前に突っ伏していった。

2

玲菜が近づいてきて、亮介の足の間に腰を割り込ませてきた。

「紗江子さんの後でわたしって決めたから、あなたは気をつかう必要はないのよ。紗江子さん、ぐったりだし……」

ストレートロングの髪をかきあげて、すぐ隣で横臥している紗江子をちらりと見た。

それから、尻を持ちあげた姿勢でいまだ元気の良さを保っている硬直を、ツーッ、ツーッと舐めあげてくる。唾液でべとべとにして、

「あなたのここ、ほんとうにタフ。エネルギーが有り余っているのね。やっぱり、男はタフでないと……ぁああ、すごい……いまだにココナッツミルクの香りがする。美味しいわ」

情感たっぷりに舌を走らせ、上から頬張って、ジュルル、ジュルルと音を立てて吸いあげ、唇を往復させる。

それまでぐったりしていた紗江子がいきなりこちらを向いた。まとわりついていた黒いスリップを脱ぎ、一糸まとわぬ姿でベッドを這うようにして近づいてきた。

玲菜を押し退けて反対側から顔を寄せ、ツーッ、ツーッと舐めてくる。

「ちょっと……紗江子さんはもう終わったでしょ？」

「何言っているのよ。今しかチャンスはないから、３Ｐしたいって言ったのは、玲菜さんでしょ？　違う？」

「それはそうだけど……」

「いい？　この子はわたしが筆おろししたのよ。男にしてあげたの。だから、わたしにはあなた以上に権利があるの。一人占めなんてとんでもないことよ。そうでしょ？」

「……わかったわ。じゃあ、紗江子さんはそっちから、わたしはこっち側を担当する……」

残念そうに言って、玲菜が向かって左側のほうから屹立を舐めてくる。それを見て、紗江子が向かって右側から顔を寄せ、側面に舌を走らせる。

ぬるっ、つるっと勃起が左右からなめらかな舌の恩恵を受ける。

ＡＶで女二人男一人の３Ｐを見て、こうされたらどんなにか気持ちいいだろうと夢見てきた。だがそれはあくまでも空想の世界で、現実には絶対に無理だろうと諦めていた。だが、今、その夢が現実になっているのだ。

（俺はめったに経験できないことをしている！）

昂奮しすぎて、視野が狭くなっている。

ぼうとした視界のなかで、二人の人妻が競い合うように屹立を舐めあげてくる。

紗江子がウエーブヘアをかきあげ、玲菜もストレートロングの髪を指ですくいあげる。それでもすぐに枝垂れ落ちる髪の先が柔らかく、股間をくすぐってくる。

紗江子が上から頭部を頬張ってきた。

それを見て、玲菜が姿勢を低くして、睾丸袋から根元を舐めてくる。

ジュブッ、ジュップと唾音とともに亀頭部を攻めたてられ、皺袋をやわやわとあやされる。その間も、二人のしなやかな手が太腿や腰を撫でさすってくれている。

（ああ、天国だ！）

酔いしれた。これ以上に気持ちいいことがあるとは思えない。

「んっ、んっ、んっ……」

紗江子は激しく亀頭部を吸いたてていたが、ちゅぽんと吐き出した。すると、次はわたしよとばかりに、玲菜が上から頬張ってきた。すぐに、激しく顔を打ち振られて、

「ぁああ、おわわぁ！」

亮介はうねりあがる快感に身を任せる。

二人にされていると思うと、ますます昂奮してしまい、快感も大きいのだ。

と、紗江子が唇にキスをしてきた。

ちゅっ、ちゅっとついばむようなキスがすぐに情熱的なものに変わり、舌をからめてくる。その間も、玲菜がねっとりと下腹部のイチモツを舐めてくる。

口を吸われ、下半身のそれも頬張られている。

(ああ、すごい……こんなこと、もう二度と体験できないぞ)

紗江子の唇がおりていき、胸板にキスをしてくる。小豆のような乳首にちゅっ、ちゅっと唇を押しつけられ、小刻みに舐められると、ぞくぞくした快美感がひろがっていった。

玲菜が動く気配があった。

次の瞬間、イチモツが口よりも温かくて、ぬるぬるしたものに包まれていった。

（あああ、オマ×コだ！）

首を持ちあげると、胸板に顔を埋めている紗江子の向こうに、下腹部にまたがった玲菜の裸身が見えた。

「ぁあああ……いい……あなたのいつもカチン、カチン……ああ、たまらない。グリグリしてくるの。ぁああ、あああぅぅ」

玲菜が腰をつかいながら、心底気持ち良さそうに言う。

紗江子はちらりとそちらを見たが、何も言わずに、亮介の乳首をねっとりと吸い、舐めてくる。

「ああ、いいわ……すごく気持ちいいの。紗江子さんがいると思うと、すごく感じるのよ……ぁあああ、ぁああ、気持ちいい！」

玲菜がわざとらしく言う。

二人には対抗意識があるみたいだから、玲菜はこう言って、紗江子にいかに自分が感じているかを誇示したいのだ。そんな玲菜を無視して、紗江子は乳首を細かく刺激してくる。

玲菜は腰をぐりん、ぐりんと前後に打ち振って、声をあげた。それから、膝を立てて蹲踞（そんきよ）の姿勢になり、腰を縦に振りはじめた。

すごい光景だった。

胸板を舐める紗江子の向こうで、美しいラインを描く女体が上下に弾んでいる。乳房もゆさゆさと揺れて、

「あっ、あっ……ぁあああ、イキそう。わたし、イキそう……！」

さしせまった声をあげた。

屹立を呑み込んだ熱い壺が、ぎゅんぎゅん締まりながら、内へ内へと引き込もうとする。

玲菜は腰を下まで沈ませて、呑み込んだ屹立で奥を捏ねるようにぐりん、ぐりんと腰をまわした。

「ぁあああ、あああ……イクぅ」

ふと見ると、紗江子が顔をそちらに向けて、玲菜が気を遣るところを観察している。

ジュブッ、ジュブッと摩擦されて、亮介も射精しそうになった。それを、

（いや、まだだ……我慢するんだ！）

必死にこらえる。そのとき、一段と腰の動きを強めた玲菜が、

「イクわ、イク……やぁあああ、はうっ！」

律動をやめて、がくがくっと痙攣し、上体を立てたまま躍りあがった。

それから、力尽きたように横に倒れた。

気を遣るのを見届けた紗江子が、次はわたしよとばかりに、すぐ隣に四つん這いになって、

「ああ、ちょうだい……早くぅ」

せがんで、腰をくなっとよじった。

ぎりぎりで暴発を免れた亮介は、後ろにつく。

「出して。わたしのなかに出していいのよ」

紗江子が首をひねって、亮介を見る。

亮介は二人の唾液と蜜にまみれたイチモツを尻たぶの底に慎重に押し当てた。もう何度もしたから、位置はわかる。ゆっくりと沈み込ませていくと、

「ぁああ、すごい……まだ、カチカチだわ……ぁああ、奥に……くっ」

紗江子がシーツをつかんで、顔をのけぞらせた。

なかはとろとろだった。さっきより潤みが増していて、柔らかい。襞の粘膜がざわめきながら、からみついてくる。

亮介も限界を迎えようとしていた。それをこらえて、強く打ち込んでいくと、パチ、パチ、パチンと派手な音がして、

「あんっ、あんっ、あんっ……ぁあああ、効く……反りがちょうどいいの。いいところに当たってる……そうよ、そう……」

紗江子が心から気持ち良さそうなので、もっと感じてほしくなって、亮介は前に屈み、両手をまわし込んで、乳房をとらえた。

身体を合わせるようにして、たわわなふくらみをぐいぐい揉みしだく。しこっている乳首を捏ねて、引っ張り、左右にねじる。

「ぁあああ、こんなこともできるようになったのね。上手よ、上手……ぁあ、感じる。感じるぅ」

紗江子が突いてとばかりに腰をくねらせた。

そのとき、それまでぐったりしていた玲菜が緩慢な動作で起きあがり、すぐ隣に四つん這いになった。

そして、尻を後ろに突きだして、自らあそこを触りはじめた。

腹から潜らせた手で自らの秘苑を擦り、ついには、長い中指を膣口にすべり込ませた。ぐちゅぐちゅと抜き差ししながら、

「ああ、ちょうだい。玲菜にもちょうだい」

これまでとは打って変わって、悩ましい声で言う。

（ああ、そうだった。玲菜さんがじつはマゾっぽいことを忘れていた）

しかし、ここで交代したらマズいのではないか？　悩んでいると、

「面倒な女ね。いいわ、もう一度イカせてあげて。でも、最後はわたしよ。きみのミルク、わたしのなかにちょうだいね」

紗江子が物分かりのいいところを見せる。この寛容さがあるから、ママ友のリーダーでいられるのだろう。

亮介は結合を外して、膝ですぐ隣まで移動し、淫蜜でぬるぬるになった肉棹で尻たぶの底の沼地を擦りあげた。

すると、玲菜は陰部から指を外して、

「ああ、ください……ください……いやらしい玲菜を懲らしめて」

哀願してくる。

日頃とのギャップに萌えながら、亮介はイチモツを差し込んだ。スムーズに受け入れた玲菜の体内は洪水状態で、抜き差しをするたびに、ぐちゅ、ぐちゅといやらしい音を立てて、半透明な汁があふれてくる。

「あん、あんっ……ああ、手を……」

玲菜が片手を後ろに差し出してくる。こうしてほしいのだろうと、肘をつかんで引

き寄せる。半身になった玲菜を後ろから思い切り突くと、

「ぁああ、これよ、これ……ダイレクトに伝わってくるの。ぁああ、もっと、もっとちょうだい。いけない玲菜を懲らしめて……あん、あん、あんっ……」

玲菜は顔を半分見せている。美人特有の流麗な横顔が快楽にゆがみ、まるで泣いているようだ。

スパートした。つづけざまに深いところに突き刺すと、

「ぁああ、あああ……来る……来る……壊して。玲菜をメチャクチャにして……やぁあああああ、くっ！」

絶頂に達した玲菜は一瞬のけぞり、それから、前に突っ伏していく。

かろうじて射精をこらえた亮介は、隣の紗江子に近づき、後ろから再突入する。

上トロみたいな膣に包み込まれて、「くぅ」と呻く。

腰を振った。

さすがに、体力は限界を迎えようとしていた。だが、自分を男にしてくれた紗江子をイカせたいという気持ちは強くある。

玲菜よりも明らかに大きな尻をつかみ寄せて、最後の力を振り絞った。

「ぁああ、あああ……すごい、すごい……イキそうよ。また、イク……イッてい

い？」

紗江子が首をひねって、とろんとした目で訊いてくる。

「イッてください。俺も、俺も出します」

「ああ、ちょうだい。なかにちょうだい。いっぱい出して……ああ、そうよ。あん、あんっ、あんっ……」

「おおぅ……！」

吼えながら、猛烈に腰を焚きつけた。

「イク、イク、イッちゃう……ぁあああ、ちょうだい！」

「おおぅ、出します！　くっ！」

放出しながら駄目押しばかりに奥に打ち込んだとき、

「ああ、イク……あっ……！」

紗江子はのけぞり、それから、痙攣しながら前に倒れ込んでいく。

遠ざかっていこうとする尻を追って、体を重ね、息づかいをととのえる。

その間も、紗江子の膣は細かく痙攣している。

ふと横を見ると、玲菜が横臥して、こちらを欲情の目で見ていた。

第六章　悦楽のプレゼント

1

四月十五日、青木亮介は二十回目の誕生日を迎えた。

これで、晴れてお酒を呑めるし、煙草も吸える。競馬の馬券だって買うことができる。

二十歳のバースディを迎える前に、筆おろしをすることが夢だった。その夢は叶った。客の人妻である市村紗江子に女を教えてもらった。それればかりではなく、ママ友の吉岡結子と菱田玲菜ともセックスした。ついには、３Ｐも経験した。

できすぎだった。

なのに、どこか虚しさを感じるのは、おそらく、亮介がこの人に童貞を捧げたいと願っていた店長の内田奈緒とはセックスしていないからだろう。フェラチオまでしてもらっているので、余計に焦燥感が募ってしまう。

そんな思いを胸に秘めて、亮介はデリバリーのアルバイトの最中だった。

大学の講義が終わってから、ピザの宅配をするのは、肉体的にはきつかった。だが今、S店は春休みが終わって、デリバリーのアルバイトが減り、人出が足らなくなっていた。

店に帰ってきて、すぐにまた宅配に出るという忙しさだ。

それでも亮介が頑張っていられるのは、店長と一緒に働いているからだ。

外から帰ってくるなり、奈緒が声をかけてくる。

「お疲れさま。ゴメンなさいね。注文が入っているんだけど、大丈夫？」

「はい……全然平気です。俺、店の売り上げのために頑張りますよ」

そう言って、ガッツポーズを作ると、

「頼もしいわ」

奈緒がにこっとしてくれる。この笑顔のためなら、何でもできる。

これが今日、最後となるピザを届け終えて、店に戻りながら、亮介はふと考える。

（この前、山崎絵美が誕生日を祝ってあげるから、うちの店に来なさいって言っていたな。今夜、行ったら、祝ってくれるかな？）

絵美はこの前、黒いスリップ姿で出てきて、オッパイを触らせてくれた。

店長が自分の誕生日を覚えていて、祝ってくれるのではないか、と密かに期待していた。しかし、どうも店長はそれどころではないみたいだ。

さっきだって、店にあの横倉が来て、渋面を作っていた。

（晴れて飲酒を許されるのだから、山崎絵美の勤める店に行ってみようか。この前、店の名前を教えてもらったし……学生割引と誕生日割引で安くしてくれると言っていたし……）

暗くなった道をキャノピーを走らせて、店に着いた。

もう店は閉まっていて、ひとつの部屋から明かりが洩れている。

（ああ、店長、待ってくれているんだな……もしかして、自分の誕生日を祝ってくれるんじゃないか、誕生日プレゼントでもくれるんじゃないか）

亮介が店に入っていくと、

「やめて……やめてください！」

奈緒の声が聞こえた。

（あの野郎！）

横倉が来ていたから、あいつに間違いない。

走っていって、控室の窓から覗いた。

煌々とした明かりのなか、ソファに押し倒された奈緒が、上からのしかかろうとしている横倉に必死に抵抗している。足をジタバタさせているので、スカートがめくれて、パンティストッキングに包まれたすらりとした足が見えてしまっている。

そして、横倉はメガネの下の目をギラギラさせて、奈緒のスカートのなかに手を押し込もうとしている。

カーッと頭に血が昇り、亮介はドアをバンと開けて、踏み込んだ。

「やめろよ！」

叫ぶと、横倉がこちらを向いてぎょっとした顔をした。

押さえつける力がゆるんだのだろう、その隙に、奈緒が逃れて、走ってきた。亮介の体の陰に隠れて、ぶるぶると震えている。

「うちの店長に手を出すな！」

奈緒を手で庇いながら、きっぱり言った。

横倉は謝って、誰にも言わないでくれと下手に出るだろうと思った。しかし、横倉はイッてしまっていた。まさかの逆ギレをしたのだ。

「なんだあ、お前！」

外れかけたメガネを直し、亮介に血走った目を向け、ずかずかと近づいてくる。

「お前、バイトだな。入ったばかりの。バイトの分際で本社の人間に口を出すんじゃない！　お前ごとき、俺の力で簡単にクビにできるんだからな。そこをどけ！」

背後に隠れている奈緒の手をつかんだので、

「やめろよ。店長、いやがってるじゃないか」

亮介は横倉を押し返そうとした。

「ああ、お前、俺に手を出したな」

「いや、かるく止めただけですよ」

「いいから、どけ！」

「どきません！」

かるく押したつもりだったが、タイミング良く手が肩に当たったのだろう。横倉がオットトと後ろにさがった。

「やったな！」

横倉の形相が変わったと感じた次の瞬間、右フックが飛んできた。

とっさに避けたつもりだったが、運悪く避けたところにパンチが飛んできて、頰の少し上に命中した。

ガーンという強い衝撃の次に脳震盪でも起こしたように、世の中がぐるっとまわり、立っていられなくなって、その場に崩れ落ちた。

ノックアウトされたボクサーのように、床に大の字になった。

床の冷たさを感じるから、きっと大したことはない。

しかし、体が麻痺したようで、立ちあがれない。

「大丈夫？　青木くん、青木くん！」

目を開けると、奈緒の顔がクローブアップされた。とても心配そうに亮介の顔を覗き込んでいる。

「……す、すみません……大丈夫です」

心配かけまいとして言うと、奈緒の表情が変わった。きっと横倉を見て、

「許せないわ。許せません。うちの従業員をこんなにして……訴えます。本社に訴えます。これまであなたがしたこともすべて話して、本社の方に裁定をしていただきます」

「おいおい、バカなことを言うなよ。きみも見ていただろ？　あいつが、先に手を出したんだ。私は自分を庇っただけで……」

「違います。それに、そもそもの原因はあなたがわたしを……いえ、わたしだけならまだしも、従業員が暴力を振るわれたんです。見過ごすわけにはいきません」

奈緒が毅然として言う。

上司に敢然と立ち向かう奈緒を、格好いいと思った。

「そんなに言うなら、やったらいい。だがな、お前らの言うことなど、誰も信用しないぞ。それに、そんな面倒起こしたら、きみもそいつもクビだ。いいのか、それで？」

「かまいません。クビにしたかったらすればいいわ」

自分の進退をかけて、きっぱり言う奈緒をますます格好いいと思った。

強気に出ても、奈緒は怯まないとわかったのか、いきなり、横倉が低姿勢に転じたのには驚いた。

「わ、わかった。今回のことは私が悪かった。だから、事を荒立てないでほしいんだ。頼むよ。私も使われている身なんだ。だから……」

「引きません。するべきことはさせていただきます」

「ふんっ……訴えるなら勝手に訴えるがいい。あとでどうなっても、知らないぞ」

「覚悟はできています」

奈緒がきっぱりと言う。

「ふん……」

横倉はバッグを抱えて、あたふたと部屋を出ていった。

「大丈夫？」

奈緒が心配そうに声をかけてくる。

「ああ、はい……もうおさまりました。ボクサーがKOされるときの感じがばっちりわかりましたよ」

「そんな冗談が言えるなら、大丈夫ね。起きられる？」

「ああ、はい……」

奈緒の助けを借りて、ソファに腰をおろした。

「店長、格好良かったです、今の……」

「……ゴメンね。こんな目にあわせてしまって」

「いえ、全然……」

強がりながらも、殴られた頬を押さえていると、

「病院に行ったほうがいいかしら？　とにかく、患部を冷やすものを持ってくるわね」

奈緒が早足で調理室に向かった。

2

亮介は奈緒の助けを借りて、どうにかアパートの自室にたどりついた。

すると、奈緒は殴られたのだから、しばらく様子を見たいと言って、部屋にあがった。ぴったりとしたニットを着て、ボックススカートを穿いた奈緒は、店のユニホームのときとは違って、優美さに満ちている。

「医者に見てもらってないんだから、しばらく付き添わせて……突然悪化することもあるし……安静にしたほうがいいわ」

そう言って、奈緒は亮介をベッドに寝かせ、冷蔵庫から保冷剤を取り出そうとして、

「あらっ、ホールケーキがある」

びっくりしたように冷蔵庫のなかを見た。

「ああ、それ、バースディを自分で祝おうと思って、小さいやつを買っておいたんです。もう覚えていないと思いますが、今日が俺の二十歳の誕生日ですから」

「ふふっ、覚えてないわけじゃないわよ。一応、バースディのプレゼントも持ってき

たんだけど……きみが店に戻ってから、渡そうと思っていたんだけど、ああいうことになってしまったから」

　奈緒は冷蔵庫を閉めて、持っていたショルダーバッグから、紙袋に包まれた細長い箱のようなものを取り出した。

「大丈夫？　今、渡しても？　頭痛くない？」

「もちろん……俺、強がりでなく、全然大丈夫ですから。あんなヘボパンチ、全然効いてないですから」

　亮介はベッドを出て、カーペットの上に置いてあるセンターテーブルの前に座った。

「はい、二十歳のお誕生日おめでとう」

　奈緒がテーブルに細長い箱を置いた。

「開けていいですか？」

　奈緒がうなずいたので、亮介は喜び勇んで包装紙を解く。なかから現れたのは、箱に入ったシャンパンだった。

「ああ、やった！」

「ふふっ、きみがこの前、お酒が好きだってわかったから。二十歳になったら、お酒は解禁だから、その日に呑みたいだろうなって……」

奈緒が微笑みかけてきた。笑窪がチャーミングで、くらくらしてしまう。

「あの……」

「なあに？」

「せっかくだから、店長と一緒に呑みたいんですが」

「ふふっ、いいわよ。でも、体は大丈夫？」

「全然、平気です。もう気になさらないでください」

「だったら、いいわ……」

「あ、そうだ。冷蔵庫に入っているケーキもどうせなら」

「そうね。出してきていい？」

「も、もちろん」

奈緒が立ちあがって、冷蔵庫から小さなホールケーキを取り出す。

(買っておいてよかった！)

奈緒がケーキを用意する間、亮介はグラスを二つ出して、テーブルに置く。

「ローソクが二本あるのね。二十歳だから？」

「はい……」

亮介はシャンパンの栓を苦労して開けた。ポンと小気味いい音とともに栓が抜け、シャンパンをグラスに注ぐ。透明なピンク色の液体が泡だっていて、すごく美味しそうだ。

奈緒が小さなケーキに赤い小型ローソクを二本立てて、火をつける。

亮介がリモコンで蛍光灯の明かりを絞ると、二本のローソクの灯が奈緒の美しい顔を照らしだした。

「二十歳のお誕生日、おめでとう」

奈緒がグラスを掲げたので、亮介も合わせる。

初めてのシャンパンをこくっと呑んだ。美味しい。泡の弾ける液体が心地よい刺激をもたらしつつ喉を通過していく。

「美味しいです！」

思わず言うと、「よかった」と奈緒が微笑んだ。ローソクの小さな炎に浮かびあがる奈緒の顔はますますきれいで、なおかつ色っぽかった。

「こういうとき、ローソクを吹き消すのよね？」

奈緒がぱっちりとした目でこちらを見た。

「……でも……」

「何？」

「俺、もう少しローソクの灯のなかで、な、奈緒さんを見ていたいです」

言うと、奈緒がはにかんだ。

「でも、それだと、ケーキを食べられないわよ」

「いいんです……俺、ケーキよりも、な、奈緒さんのほうが……」

「……こちらに顔を……」

奈緒に言われて、テーブルの上に身を乗り出した。

「目を閉じて」

言われるように目を瞑ると、温かい息がかかり、

「誕生日おめでとう」

もう一度祝福されて、唇にちゅっとキスされていた。ハッとして目を見開く。

奈緒が微笑んでいる。

奈緒にとってはちょっとした悪戯心だったかもしれない。しかし、その柔らかく香り立つような唇が亮介に火を点けた。

もう我慢できなかった。立ちあがって近づき、奈緒を背後から抱きしめた。

「ダメっ……」

奈緒がうつむいて、前にまわっている亮介の腕をつかんだ。

「俺、あれからずっと奈緒さんのことを……」

「……この前も言ったけど、わたしには主人がいるのよ」

「でも、そのご主人とは上手くいっていないんでしょ？　俺、もう我慢できません」

「……わたしのような女でいいの？」

「はい、もちろん。好きなんです。ずっと我慢してきました。好きです」

抱きしめて横に倒すと、奈緒は抵抗することもなく、カーペットに崩れた。スカートが乱れて、裾からむっちりした太腿がのぞいた。

亮介がほっそりした首すじに唇を押しつけると、

「あっ……！」

がくん、と奈緒が大きくのけぞった。

ニットをこんもりと持ちあげた胸のふくらみに顔を擦りつけた。

もう童貞ではないし、経験は積んできた。なのに、奈緒を相手にすると、まるで童貞に戻ったようで、ボーッとしてしまって何も考えられない。

「奈緒さん、俺、俺……」

うわ言のように言って、柔らかくてたわわな胸に顔をずりずりする。と、奈緒の手が背中にまわった。

「……きみの二十歳のバースディですものね。さっきも横倉から護ってくれた。感謝しているわ。すごく……わたしもきみのこと、好きよ。でも、わたしには主人がいるの。だから……」

奈緒は下から大きな目でじっと見つめて、言った。

「今夜だけで、いい？」

亮介は歓喜を包み込んで、こくんと大きくうなずく。

「キスして」

奈緒が言う。おずおずと唇を合わせると、奈緒も自ら唇を重ねて、亮介を抱きしめてくれる。

それから、両手で亮介の顔を挟みつけるようにして、ちゅっ、ちゅっと自分からキスをする。

奈緒との初キスだった。最高に幸せだった。ついに、最愛の女性が身体を許してくれようとしているのだ。

ついばむようなキスがすぐに情熱的なものになり、亮介も強烈な欲望をかきたてられて、股間のものが頭を擡げてきた。

勃起にせかされるように、亮介はキスをおろしていく。ほっそりとした首すじにキ

スを浴びせると、

「んっ……！」

顔をのけぞらせて、奈緒が喘いだ。

女をあらわにしたその喘ぎが、亮介をかきたてた。

Ｖ字に切れ込んだニットの襟元にもキスをし、本能が命じるままに乳房をつかんだ。

無我夢中で胸のふくらみを揉みしだき、肩幅にひろがった足の間に膝を入れると、

「ぁあああうぅ……」

奈緒が太腿で亮介の膝をぎゅうと挟みつけてきた。

胸を揉むごとに、量感あふれるふくらみがしなり、むっちりとした太腿がよじられながら、亮介の膝を擦りつけてくる。

（ああ、すごい……！）

この前もそうだった。奈緒は普段はとても真面目でしっかりしているのに、ベッドでは変わるのだ。すごく、いやらしくなるのだ。

たまらなくなって、ニットをたくしあげていく。

素肌がのぞき、ラベンダー色の刺しゅう付きブラジャーが丸々とした乳房を持ちあげているのが見えた。

何やら甘い香りがする。

「待って……」

奈緒が背中のホックを外して、ブラジャーをゆるめてくれた。

(ああ、自分から、ブラを……!)

カップを押しあげると、息を呑むような乳房がこぼれでてきた。

大きいし、何より形が素晴らしかった。上の直線的な斜面を下側の充実したふくらみが押しあげた美しい乳房で、中心より少し上に透きとおるようなピンクの乳首がツンとせりだしていた。

部屋は暗く、二本の小さなローソクの炎が真っ白な乳肌を赤く浮かびあがらせ、それがまたいやらしかった。

「いやっ……そんなに見ないで」

奈緒が手で胸のふくらみを隠した。

「すみません……すごくきれいで、大きくて……触っていいですか？」

訊くと、奈緒が小さくうなずいた。

触れられそうで、触れられなかった奈緒の乳房――。

そっと手のひらで持ちあげるようにして指先に力を込めると、乳肌が柔らかく沈み込み、さらに力を入れると、豊かなふくらみが押し返してくる。

指が乳首に触れた途端、

「んっ……！」

びくんとして、奈緒は顔を撥ねあげる。

打てば響く反応に、亮介はいっそう昂った。

あふれでた生唾をごくっと呑み、顔を寄せた。ピンクの乳輪はふっくらとしていて、粒のようなものが浮きでている。その中心で、小さな突起はすでに頭を擡げていた。

いきなり頬張ろうとして、いや、ここはこれまで学んできたものを披露するべきだと考えた。

いっぱいに出した舌で、ゆっくりと下から上へと舐めあげる。それを数回繰り返すと、明らかに乳首がしこり勃ってきて、透きとおるようなピンクが赤みがかり、唾液にまみれて、いっそういやらしくなった。

（そうだ……両方同時に攻めたほうが感じるんだと教わったな）

亮介は反対側の乳首にも舌を這わせる。そうしながら、もう片方の濡れた乳首を指で挟むようにして静かに転がすと、

「んんんっ……ぁああうぅぅ」

奈緒はのけぞりながら、あふれでる喘ぎを口に手の甲を押し当てて、押し殺した。

それでも、亮介が乳首を今度は横に激しく舌で弾き、もう片方も指腹でノックするように叩くと、

「あっ……あっ……いや、これ……どうして？　どうして、できるの？　きみ、初めてじゃないよね？」

奈緒が眉根を寄せて、亮介を見た。

この前、奈緒には自分が童貞であることを告白していた。だが、あれからいろいろとあったのだ。亮介は真実を告げるべきかどうか迷った。客の人妻とのことを伝えたら、おそらく嫌われる。だが、ウソをつくのはいやだ。

「すみません……俺、じつは……」

言いよどんだそのとき、奈緒が言った。

「奥様方と関係があるのね？　そうでしょ？」

「えっ……？」

「配達の帰りが遅いときが何回かあったわ。あのとき、奥様方と……そうよね？」

「……はい。すみません。最初は配達が遅れたとき、お金はきちんと払うからって、部屋にあげられて……それから……俺、店長とできそうでできなくて、だから、すごくしたくてしたくて……すみません。俺が悪いんです。すみません！」

「……いいのよ。わたしがいけないの」

「えっ……？」

奈緒は下から亮介を抱きしめて、頭を撫でてくれた。

「もしかして、とは思っていたのよ。でも、お客さまに、また注文するからと言われて……お店がピンチで、少しでも売り上げが欲しかったの。だから……わたし、弱いよね。横倉にも弱さにつけ込まれて……最低の店長よね。わたしはきみが思っているような店長じゃないの。最低なの。ゴメンね、止めることができなくて……ゴメンね」

奈緒が今にも泣きださんばかりに、唇を嚙む。

「違うと思います。店長はすごい店長です。従業員はみんなやる気になって、店長のために仕事しています。だから、自分を責めないでください。悪いのは俺なんです。

俺が……」

言うと、奈緒が亮介の顔を両側から挟みつけるようにして、下からじっと見つめてきた。

「ありがとう。亮介くん……きみはわたしの天使よ」

真っ直ぐに見て言い、また唇を合わせてきた。

下の名前を呼ばれ、天使とまで言われた。柔らかな唇と情熱的なキスを感じて、亮介は至福に包まれる。

(何て、やさしいんだ。俺が奥様方と寝たことも、許してくれた。いや、そのことで自分を責めている。やさしすぎる……)

奈緒に今まで以上の強い愛情を感じた。

俺は男になる。そして、奈緒を護るんだ――。

3

亮介は奈緒を横抱きにして、ベッドまで運んだ。

すでにローソクは燃え尽きかけて、炎が揺れていたが、窓から射し込んでくる十三夜の月明かりが、ベッドに横たわる奈緒の姿を陰影深く浮かびあがらせていた。

　亮介が着ているものを脱いでいると、奈緒もニットを首から抜き取り、スカートをおろし、ブラジャーを外して、パンティだけの格好になって、掛け布団をかぶった。

全裸になって、亮介はベッドにあがる。

　シングルベッドだから、二人で寝るには狭すぎる。

　亮介が横臥すると、奈緒もこちらを向いて、ぴったりとくっついてくる。

　そして、亮介の胸板にちゅっ、ちゅっとキスをする。

　さらに、小豆色の乳首もかわいらしく吸い、細かく舐めてくる。比較的小さな女の舌が張りついてきて、

「おっ、あっ……気持ちいいです」

　思わず言うと、奈緒はにこっとして、右手を下腹部に伸ばした。

　すでにいきりたっている肉棹に触れて、その形や硬さを確かめるように指を動かし、茎胴を握りしめる。

　亮介を仰向けにし、ギンギンなものを柔らかく指でマッサージしながら、舌を細かく震わせて、乳首を愛玩する。

　したたり落ちた唾液がぬるぬるして気持ちいい。

乳首からはぞくぞくした戦慄が起こり、下腹部からは期待感に満ちた悦びがひろがってくる。

奈緒の顔が少しずつさがっていった。

なめらかな舌が臍を通過し、下腹部に温かい息がかかった。

奈緒は勃起に顔を寄せて、匂いを嗅ぎ、

「やっぱり、いい香りがするわ。ココナッツミルクね」

見あげて言って、それを味わうように下から舐めあげてきた。裏筋にツー、ツーッと舌を走らせ、

「ああ、美味しく感じる。きっとココナッツミルクの香りがそう感じさせるのね」

そう言って、また裏筋を舐め、そのまま亀頭冠の真裏に舌を留まらせて、ちろちろと舐めてくる。

「ああ、そこは……くっ、くっ……」

足を突っ張っていた。

「感じるのね？」

「はい、むずむずして漲ってきます」

言うと、奈緒は指でそこを円を描くように摩擦した。潤滑油代わりの唾液とともに

敏感な部分を指腹で刺激されると、居ても立ってもいられないような快美感がひろがってきた。

「ああ、ダメです。出ちゃう！」

すると、奈緒は真裏への刺激をやめて、唇を開いて、かぶせてきた。

「くっ……！」

あまりの快感に、下腹部をせりあげていた。

温かい。そして、濡れている。

途中まで頬張ったまま、なかで舌を動かしているみたいだ。きっと肉棹の下側を舐めてくれているのだろう。ぬるぬるしたものがからみついてきて、また快感が高まった。

青白い月明かりが、股ぐらに這いつくばった奈緒の顔を照らしていた。

セミロングの髪が枝垂れ落ちている。下を向いて一心不乱に肉棹に舌をからませる姿がエロチックだった。きゅっとくびれたウエストから豊かな腰が張りでていて、悩ましい曲線を描くヒップの中心に、ラベンダー色の布地が張りついていた。

奈緒はゆったりと唇をすべらせ、吐き出して、亀頭部の真ん中の尿道口をちろちろと舐めてくる。その間も、怒張をぎゅっ、ぎゅっとしごいてくれるので、否応なしに快感が高まった。

（ああ、すごい……奈緒さん、ほんとうに上手い！）

店長をしているときからはとても想像できない絶妙なフェラチオだ。そのギャップが奈緒の有する深みを感じさせて、亮介をいっそう夢中にさせる。

奈緒がまた頬張ってきた。

今度は茎胴を握りしめ、ぎゅっ、ぎゅっとしごきながら、余った部分を頬張ってくれている。

手と同じリズムで顔を打ち振った。

それから、手を動かしながら、亀頭部にねろねろと舌を走らせ、顔をS字に振るようにして頬張ってくる。

気持ち良すぎた。

「くっ……ぁああ、あああ……ダメ。出ちゃう！」

ぎりぎりまで我慢して訴えると、奈緒はちゅるっと吐き出して、

「どうすればいい？」

訊いてくる。向けられた瞳がどこかぼうっとしていて、それが亮介を大胆にさせた。

「あの、俺も、奈緒さんのあそこを……舐めさせてください」

「でも、恥ずかしいわ……ずっと働いていて、シャワーも浴びていないのよ」

「奈緒さん、さっき今夜だけだって……だから、俺、奈緒さんのすべてを知りたいんです。安心してください。俺は奈緒さんの匂い、大好きです。絶対に嫌いになったりしません。お願いです」

「……しょうがないわね」

「シックスナインをしたいんです」

思い切って言うと、奈緒はパンティを脱ぎ、亮介に尻を向ける形でおずおずとまたがってきた。

（ああ、これが奈緒さんの……！）

豊かな尻が持ちあがり、尻たぶの割れ目にはセピア色の窄まりが息づき、その下に楚々とした女の器官がわずかに内部をのぞかせていた。

長方形にととのえられているものの、密生したビロードのような翳りの背景に、縦に長い蘭の花に似た女の花芯が品良く花開いていた。

左右対象の陰唇は薄いが、波打つように褶曲している。そして、わずかに開いた内部には濃いピンクのぬめりがのぞき、その上のほうには膣口がぴったりと口を閉じていた。

「あまり見ないで」

奈緒が恥ずかしそうに腰をひねった。

「きれいです。奈緒さんのここ、すごくきれいです」

亮介は顔を持ちあげて、奈緒の尻をつかみ寄せ、そこに舌を走らせた。ぬるっと舌がすべって、まったりとした粘膜と愛蜜の感触があって、

「ぁあん……！」

奈緒がびくっと腰を震わせた。

どこか甘く感じる蜜を味わいながら、全体を舐めあげていくと、

「んっ……んっ……ぁあああ、ダメぇ……」

奈緒が背中を弓なりにしならせた。

感じすぎて何もできないとでもいうように、亮介の勃起を握りしめたままだ。

亮介が動きを止めると、何をすべきか思い出したように、下腹部に顔を寄せた。

先端にちゅっ、ちゅっとキスをして、一気に根元まで頬張ってくる。

「ん、んっ、うんっ……」

顔を打ち振って、唇でしごいてくる。垂れ落ちた髪の先がざわざわと下腹部に触れて、いっそう快感が高まる。

うねりあがる愉悦をこらえて、亮介はまたクンニをする。

笹舟形の下のほうのクリトリスめがけて、舌を走らせる。それとわかるほどの突起を、舌を横揺れさせて弾き、がばっと頬張って根元のほうからチュー、チューッと吸う。すると、奈緒の様子が変わった。

「んっ……んっ……んんっ」

頬張ったまま動きを止めて、必死に何かをこらえているようだったが、ついには我慢できなくなったのか、肉棹を吐き出して、

「ぁあああ……いやっ……できない。できない……ぁああ、あああうぅ、そこ、弱いの……ぁあああ、ああ、許して……もう許して……」

いきりたちをぎゅっと握って、訴えてくる。

「許しませんよ」

そう言って、またクリトリスに吸いついた。

チュパ、チュバと断続的に吸い込むと、肉芽が根っこごと伸びて、

「ぁああ、それダメっ……いや、いや、いや……ぁあああ、あああああ、もう、もう許して……あっ、あっ、あっ、ぁあああぁぁ」

奈緒は肉棹を強く握って、腰を揺らめかせる。

もっと感じさせようと、亮介は両手の指で包皮を剝くようにして引っ張り、転げでてきた小さな真珠に舌を走らせる。

無防備にされた敏感な箇所をちろちろっと舌先で叩くように小刻みに打つと、

「あ、あ、あっ……いやいや、それダメっ……ぁああ、ああああああ、ぁああああああああ、許して……くっ、くっ！」

奈緒はがくん、がくんと腰を前後に振って、顔を上げ下げする。

亮介はまた頬張って、リズミカルに吸う。

チュッ、チュー、チューッと吸引すると、奈緒の身体が痙攣をはじめた。

「ぁあああ、あああああ……もうダメッ……欲しい。これが欲しい！　お願い、これをください！」

いきりたつ肉棹を握りしごいて訴えてくる。

4

亮介は下から抜けだして、四つん這いになっている奈緒の真後ろについた。

きゅっとくびれた細腰から大きく尻が張りだしていて、そのラインが作る美しくも淫らな曲線に見とれた。

　奈緒は恥ずかしいのか、顔を伏せて、じっと待っている。

（ああ、ついに俺は、憧れの人と……！）

　気持ちがこれまでとは全然違う。頭も体も歓喜に満ちている。

　しかも、今日は自分の二十歳の誕生日なのだ。

　夢なら絶対に覚めないでほしい。

　亮介はいきりたつものを尻たぶの底のほうに押しつけた。切っ先を下に向け、上から下へとなぞりおろしていくと、分身がぬかるみのなかにすべり落ちていくような感触があって、つづいて、なかのほうに潜り込んでいき、

「くっ……！」

　奈緒が声をあげて、いったん背中を丸めた。そのまま奥へと打ち込んでいくと、奈緒は背中を反らせ、

「ああ……！」

　顔を撥ねあげて、シーツを鷲づかみにした。

（ああ、これが……！）

　亮介へは打ち込んだまま動けなくなった。

なかは煮詰めたトマトのように温かくてとろとろで、しかも、粘膜がぎゅい、ぎゅいっと勃起にからみつき、波打ちながら、奥へ奥へと引きずり込もうとする。

(ああ、気持ちいい！　これまでの誰よりも気持ちいい！)

いまだストロークをしていないのに、一瞬にして射精しそうになって、亮介はぐっと奥歯を食いしばる。

奈緒はしばらくその姿勢でストロークを待っているようだったが、やがて、焦れたように自分から腰を前後させはじめた。

おずおずと腰を振って、屹立を呑み込み、吐き出して、なかを擦って、

「んっ……んっ……んっ……」

声をあげることを恥じるように押し殺す。

(ああ、ダメだ。我慢だ……！)

亮介が必死にこらえていると、奈緒の腰振りが徐々に速く、大きくなって、

「ぁああ、ぁあああ……あん、あっ……あっ……」

四つん這いになって、シーツを握りしめ、こらえきれないといった喘ぎをこぼす。

一糸まとわぬ艶めかしい裸身を、窓から射し込んできた月明かりが斜め上から照らして、色白の裸体が青白く浮かびあがっている。クリスマスケーキのローソクはとっく

に消えて、生クリームの白さが薄暗がりのなかでいっそう白く見えた。

うねりあがる快感をこらえて、亮介も腰をつかう。

腰の揺れにしたがって、屹立を押し込んだり引いたりすると、奈緒は突かれるままに裸身を揺らせて、

「んっ……んっ……ぁあああ、ぁあああ……あんっ、あんっ、あんっ！」

最後は喘ぎをスタッカートさせて、顔を上げ下げする。

亮介は前に屈んで、両サイドから手をまわし込み、乳房をとらえた。

柔らかく指にまとわりついてくるたわわなふくらみはじっとりと汗ばみ、きめ細かい肌が指腹に吸いついてくる。

指に触れた中心の突起を捏ねると、

「あっ……ぁあんん……」

奈緒は顔をのけぞらせ、もっと欲しいとばかりに腰を後ろに突きだしてくる。

「き、気持ちいいですか？」

「ええ……いいの、すごく……ほんとうにすごくひさしぶりなのよ。それに……亮介くん、とても上手よ」

「そ、そうですか？」

「ええ……ほんとうはきみの最初の女になりたかった……でも、あのとき……」

「俺、気持ちはずっと奈緒さんでした。今も……だから、これ一回だけではいやです」

「……わたしは店長なのよ。だから、従業員とは深い関係にはなれない。これっきりにしよ」

（いやだ。いやだ！）

心のなかで駄々っ子のように叫んで、その思いをぶつけた。

上体を立て、きゅっと細くなっているウエストをつかみ寄せて、後ろからがんがん突いた。

いきりたった勃起が、とても窮屈な箇所を押し広げていき、その締めつけをこらえて、なおも強く打ち据える。

パチッ、パチンと乾いた音がして、屹立が体内を擦りあげ、奥を突いて、

「ぁあああああ、許して……あっ、あっ、あんっ……許して……もう、もう……ぁあああああ、響いてくる。ズンズン響いてくる……ぁああ、あああああああ」

奈緒は嬌声をあげて、シーツを持ちあがるほど握りしめた。下を向いている乳房がぶるん、ぶるんと揺れて、しなった裸身も激しく前後に動く。

セミロングの髪を揺らせて、

「あん、あん、あんっ……」

さしせまった様子でシーツを鷲づかみにする奈緒。

（この一回だけで終わりだなんて、いやだ！）

そんな気持ちを込めて、思い切り突き刺した。勃起が体内をえぐっていき、

「いやいやいや……あああ、ぁあああ……くっ！」

奈緒はがくがくっと震えながら、前に突っ伏していった。

亮介もその後を追った。

腹這いになった奈緒を、上から覆いかぶさるようにして、なおも腰をつかうと、屹立が尻たぶの底にめり込んでいき、その尻たぶが押し返してくる弾力と膣をえぐる快感が重なって押し寄せてくる。

「ぁああ、奈緒さん……俺、俺……」

腰をつかいながら、甘い香りを放つ髪に顔を押しつけると、奈緒がぐっと尻をせりあげてきた。まるで、もっと深いところにちょうだい、とばかりに。

亮介は両腕を立てて、ぐいぐい押し込んでいく。

射精するかもしれない。早すぎる。しかし、今のこの歓喜はこの瞬間しかないのだ。

「ん、んっ、んっ……ぁああ、ぁあああ、イキそう……ま、前からして。きみの顔を見たいの」

奈緒がせがんできた。

亮介としても、奈緒が感じているときの顔を見て、射精したい。

腰をあげて結合を外し、奈緒を仰向けにした。

ああは言ったもののやはり面と向かうのは恥ずかしいのだろう、奈緒が目を伏せて、胸を手で隠し、長い太腿をよじりあわせた。

その羞じらう姿がセクシーだった。

窓からの月明かりが色白の裸身をぼんやりと浮かびあがらせていた。窓のほうを向いているので、その顔だけははっきりと見える。

髪が乱れて、頬にかかっている。ぱっちりした目は伏し目がちになって、亮介にまじまじと裸身を見られることへの羞恥のようなものがうかがえる。

「奈緒さん、好きです。俺、あなたのためなら何だってできます」

「わたしはきみが思っているような理想の女じゃないのよ。すごく弱いし、きみを護ることもできないかもしれない」

「……いいんです。俺、奈緒さんとこうしていられれば、それだけで大満足ですから。

それに、俺が奈緒さんを護ります」

宣言して、額にキスをした。ちゅっ、ちゅっとキスをおろしていき、唇を重ねた。

すると、奈緒は自分からも唇を密着させ、亮介の舌をとらえてからませてくる。

それだけで、全身に甘い陶酔感がひろがってきた。

亮介はいったんキスをやめて、下腹部のいきりたちをつかんで翳りの底に押し当てた。すると、奈緒は自分から膝を開いて持ちあげてくれる。

見えないから、位置をさぐっていると、奈緒が手を伸ばして、切っ先を導いてくれた。

熱いぬめりを感じて、腰を入れていくと、切っ先が濡った蜜壺へとすべり込んでいって、

「あうっ……！」

奈緒が肩にぎゅっとしがみついてきた。

両手で亮介を抱き寄せ、「ぁあああ」と声をあげて、すっきりした眉を八の字に折った。

その顔がとても色っぽくて、亮介は半開きになった唇に唇を重ねていく。舌を躍らせると、奈緒は下から貪りつくようにして舌をからめ、口を吸う。

これ以上の至福があるとは思えない。

それが腰の動きに繋がって、気づいたときは腰を振っていた。柔らかくて甘い芳香のする唇を吸いながら、ゆったりと腰を波打たせる。

勃起がなかの襞粘膜をぐいぐいと擦りあげ、

「んんんっ……んんんんっ……んっ！　んっ！」

奈緒は唇を合わせながら、くぐもった声を洩らし、ぎゅっとしがみついてくる。

（ああ、これがほんとうのセックスなんだな）

最愛の女とのセックスは肉体だけのセックスとは全然違う。気持ちが満たされているせいか、同じストロークにしても、ひと擦りするたびにぐわっと快感がひろがってくる。

洩れそうになるのを必死にこらえて、身体を合わせながら、えぐりたてていく。

と、キスしていられなくなったのか、奈緒が口を離して、のけぞり、

「ぁあああ、あああ……いいの……いいのよぉ……恥ずかしいけど、すごくいいの。いいの、いいの……ぁあああ、亮介くん、好きよ。きみが好き……」

奈緒が下から、潤みきった情熱的な目を向けてくる。

「ほんとですか？」

「ええ……だから、きっとこんなに感じるんだわ。すごいの。すごく感じてしまう……おかしくなるくらいよ」

亮介がつづけて膣肉に打ちつけると、

「あ、あっ、あっ……やぁぁあああ、おかくなっちゃう……わたし、わたし……ぁあああああ」

奈緒が首を伸ばして、顎をせりあげた。

青白い月明かりに照らされたどこか頼りなげな顔に見とれながら、亮介は上体を立てて、膝をすくいあげるようにして、腰を叩きつける。

両足を大きくＭ字に開いた奈緒は、押しつぶされるような格好で、

「あん、あんっ、あんっ」

と、喘ぎを弾ませ、両手を開いてシーツを掻きむしった。

亮介はすくいあげた足の下に両手を突き、のしかかるようにして上から打ち込んでいく。すると、勃起が窮屈な肉路を擦りながら、突き刺さっていき、

「ぁあああうぅぅ……」

奈緒は片手の甲を口に当てて、のけぞり返った。

（これだ……ぴったりくる！）

膣と勃起の角度が合うのか、硬直がダイレクトに奥に届くのがわかる。

「気持ちいいですか？」

その言葉を聞きたくて、訊いた。

「ええ……気持ちいい……気持ちいい……亮介、イキそうなの。イッていい？」

奈緒がきらきらした瞳を向ける。

「はい……俺も、俺も……」

もっと長く貫いていたかったが、もう持ちそうにもなかった。射精覚悟で、強く腰を振った。

いきりたちが蕩けた肉路に突き刺さり、いやらしい蜜があふれて、ぐちゃぐちゃと淫靡な音がする。

そして、奈緒は亮介の両手につかまって、ずりあがりをふせぎながら、

「あん、あんっ、ぁあん……ぁあああ、イキそうよ」

下から逼迫した目で見あげてくる。その霞（かすみ）がかかったような目が、亮介をいっそう高みへと押しあげた。

「おおぅ、奈緒さん、俺も、俺も出します」

「ああ、来て……一緒よ。一緒に……ちょうだい！」

奈緒が両手を差し伸べてきたので、亮介は思わず近づいてキスをした。唇を合わせながら、猛烈に腰をつかうと、

「んんっ、んんんん……ぁあああ」

奈緒は自ら唇を離して、大きくのけぞった。

ここぞとばかりに亮介がつづけざまに深いストロークを叩き込んだとき、

「……ぁああ、イク、イク、イッちゃう……イッていい？」

「はい……俺も俺も、出します！」

「ああ、ちょうだい。ぁあああああ、イク、イク、イッちゃう……くっ！」

奈緒が両手を後ろに突いて、ブリッジするようにのけぞった。身体を弓なりにさせて、がくん、がくんと躍りあがる。

「ああ、おおぅ……！」

止めとばかりにぐいと奥に打ち込んだとき、亮介も至福に押しあげられた。

夢のような瞬間だった。

すさまじい勢いで噴出した男液が、奈緒の体内めがけて飛び散っていく。

(ああ、俺はついに、大好きな女の人のなかに……！)

ツーンとした芳烈な快感が下腹部ばかりか全身にひろがって、脳天まで悦びに震え

ている。

ほぼ出し尽くしたとき、奈緒がいや、まだ抜かないでとでも言うように足を腰にまわして引き寄せた。

亮介が覆いかぶさっていくと、奈緒はぱっちりとした目を開けて、亮介を見た。

笑窪の刻まれたチャーミングな顔で微笑み、キスしてくる。

ついばむようなキスがねっとりとした情熱的なものに変わると、まさかのことが起こった。

射精したはずのイチモツに力が漲る気配があるのだ。

(えっ……また？)

すると、奈緒も気づいたのか、唇を離して、

「また大きくなってきた」

悪戯っぽい微笑を浮かべて、亮介を見た。

「すごいね。まだしたいの？」

「ああ、はい……もちろん。最初で最後だから、俺、ずっと奈緒さんとしていたいです」

そう言って、腰を振ると、

「ああ、ぁああ、気持ちいい……」

奈緒がのけぞった。

「ずっとしますよ。俺、倒れるまでしますよ。いいんですね？」

念を押すと、奈緒がこくんとうなずいた。

（よし、朝までするぞ。いや、このままずっと何日も……！）

亮介は片手で乳房をむんずとつかみ、揉みしだきながら腰をつかった。

「ぁあああ、へんよ、へん……また、また来るの……ぁあああ、突いて。お願い……突いて……」

奈緒がのけぞりながら、シーツを掻きむしった。

一度射精したせいで、いつもの逼迫した感じはやってこない。

（すごいぞ、こうなったら、とことん……）

ぐいぐいとえぐりたてていくと、

「イク、イ、イッちゃう……また、イッちゃう！　くっ！」

奈緒が昇りつめて、がくん、がくんと躍りあがった。

それでも、まだ亮介は放っていない。

亮介がはまた肉棹を叩き込んでいく。

「ああ、許して、もう許して……おかしくなる。もう、なってる」

奈緒がぎゅっとしがみついてきた。

*

一カ月後、亮介は大学に通いながら、S店のピザ宅配のアルバイトをつづけていた。

奈緒もいまだ店長をつづけている。

じつは、あの事件の数日後、横倉が謝罪をしにきたのだ。

やはり、今訴えられては形勢が悪いと判断したのだろう。横倉は奈緒の前で、

「申し訳ない。今回の件は謝る。だから、本部にはこのことは内密にしてほしい」

と、深々と頭をさげたのだ。

奈緒は条件付きで、それを呑んだ。

奈緒の出した条件は、亮介にこのままアルバイトをつづけさせることと、今後、いっさい奈緒にパワハラ、セクハラをしないというものだった。それらしきことが起こったら、即座に本部に訴えることを告げた。

横倉は悔しそうな顔をしていたが、やむなくその案を呑んだ。そして、そそくさと

店を出ていった。

　その車が遠ざかるのを店長とともに見届けて、亮介はガッツポーズをした。奈緒は店の通路で、

「ありがとう。わたしが強くなれたのも、きみのおかげ……ほんとうにありがとう」

　涙ぐんで、亮介をハグしくれた。

　亮介が抱き返そうとすると、奈緒はするりと身体をかわして、

「ダメ……決めたことは守らないと……したくなっちゃうと困るでしょ？」

　笑顔を浮かべて、調理室に向かった。

　あれから、奈緒は抱かせてくれない。

　約束なのだから、しょうがない。

　今も、あの二十歳の誕生日の夜のことはしっかりと覚えている。何度も何度もして、奈緒はそのたびに身体をしならせ、昇りつめた。

　たぶん、これから先にセックスしたとしても、もうあのとき以上の悦びは訪れないだろう。それに、奈緒には夫がいるのだから、これ以上の肉体関係をつづけると、奈緒を苦しめることになる。

（だから、俺は我慢するんだ。それに……）

調理場から、奈緒が出てきた。

「青木くん、市村紗江子さんのお宅までお願いします」

持っていた二つのピザを保温用の包みに入れて、手渡してくる。

「了解です」

「気をつけてね。なるべく早く帰ってくるのよ」

「はい……」


亮介はすでに桜の散った後の街中を、キャノピーを走らせる。

紗江子にはまだ時々、呼ばれて、あわただしいセックスをする。吉岡結子とも、菱田玲菜ともまだつづいている。

それどころか、最近は亮介を指名する奥様方が増えている。あれから、どこでそのウワサを聞きつけたのか、奥様方が亮介を指名し、

『デリバリーするのはピザだけじゃないんでしょ？　きみ自身もデリバリーしてくれるのよね。デリバリー・ボーイってみんな呼んでいるのよ。あがって……ふふっ、これからもお宅のピザを頼んであげるから』

無理やり、亮介を家にあげる。

そして、亮介は今後もうちのお得意さんになってくれるならと条件をつけて、応じる。

いいことではないと思う。しかし、店の売り上げを増やすためには、こうするしかない。亮介がデリバリー・ボーイをするようになって、店も少しずつ売り上げを伸ばしているようだ。これは、自分が奈緒のためにできる唯一のことだった。

奈緒はもちろんこのことを知らない。奈緒に対しては、『もう、奥様方を抱くようなことはしません』と言ってある。

だが、奈緒は事実を知っていて、亮介を自由にしてくれているのではないか、と思うことが時々ある。

結局、自分は奈緒という鵜飼い（うかい）に操られている鵜ではないか？　お釈迦様の手のひらの上で飛びまわっている孫悟空ではないか――。

だが、それでもいいと思う。

鵜はたくさんアユを捕って、それを飼い主に持って帰ることに最大の喜びを見いだしているはずだ。そして、自分も――。

市村宅に着き、ピザを持ってインターホンを押すと、すぐに玄関ドアが開いて、

「待ってたわよ。入って」

紗江子はちらりと外を見て周囲を確かめ、亮介を引き入れる。それから、

「待ち遠しかったわ……」

玄関でキスをしながら、ユニホームの股間をまさぐってきた。

（了）

※本作品はフィクションです。
作品内の人名、地名、団体名等は
実在のものとは関係ありません。

長編小説

ふしだら妻<ruby>のご指名便

霧原一輝

2020年3月5日　初版第一刷発行

ブックデザイン……………………　橋元浩明(sowhat.Inc.)

発行人……………………………………………後藤明信
発行所…………………………………株式会社竹書房
〒102-0072　東京都千代田区飯田橋2－7－3
電話　03-3264-1576（代表）
03-3234-6301（編集）
http://www.takeshobo.co.jp
印刷・製本…………………………中央精版印刷株式会社

ISBN978-4-8019-2183-2　C0193